10|18
12, avenue d'Italie — Paris XIIIe

LES ANGES N'ONT RIEN DANS LES POCHES

PAR

DAN FANTE

Traduit de l'américain
par Léon MERCADET

10|18

« Domaine étranger »
dirigé par Jean-Claude Zylberstein

ROBERT LAFFONT

Si vous désirez être régulièrement tenu au courant
de nos publications, écrivez-nous :

Éditions 10/18
c/o 01 Consultants (titre n° 2931)
35, rue du Sergent Bauchat
75012 Paris

Titre original :
Chump Change

ISBN 2-264-02684-7

1

Je m'appelle Bruno Dante et voici ce qui m'arrive. Le 4 décembre, le service des alcooliques et malades mentaux de l'hôpital Saint-Joseph de Cupertino, dans le Bronx sur Mosholu Parkway, m'a laissé sortir. On m'a relâché, pour changer. Comme à chaque cure, j'ai constaté l'augmentation des tarifs. Cette fois, je m'étais poignardé pendant un trou noir. C'était encore pire que d'habitude et ils ont failli ne pas me prendre. Tout ce que je voyais, en arrivant à l'hôpital, c'était du sang, le sang qui coulait de mon ventre sur mes habits.

La cure durait vingt-huit jours. L'assurance d'Agnès, ma femme, avait payé le premier séjour à Saint Joe, qui m'avait profité. J'ai fréquenté un psy pendant deux ans avant de rechuter — dix jours de cuite et tentative de suicide. Cocktail alcool-cocaïne. La deuxième fois, la note a sauté de huit mille cinq cents dollars à douze mille, et là nous en étions de notre poche. Il nous restait de l'argent à la banque, mais j'ai quand même arrêté le psy parce que ça n'allait pas mieux, je buvais toujours. Le dernier séjour, le troisième, j'y suis allé aux frais de l'Assistance. Sinon, ça m'aurait coûté vingt-cinq mille.

Quand je bois plusieurs jours d'affilée, surtout du vin, je pense trop, ma tête a envie de me tuer. Et la dernière fois, je me suis retrouvé dans un trou de campagne, lit vissé au sol et moi sanglé sur le lit.

C'est Agnès qui m'a fait transférer à Saint Joe. Une désintox, pour les gens normaux, ce n'est pas la prison. Une personne normale, c'est quelqu'un qui ne se réveille pas un matin avec un couteau dans le ventre. Moi si, j'ai des moments d'absence et plus ça va, plus j'oublie ce que je fais pendant. Des trous noirs, exactement, je sais de quoi je parle.

Si mon comportement est souvent extrême, destructeur, c'est qu'à jeun, quand la mémoire revient ou qu'on me raconte mes exploits, je ne me supporte pas. Je rebois pour oublier. Du vin, surtout du vin. Les autres alcools m'ont laissé tomber depuis belle lurette. J'en bois encore pour tenir le coup mais, depuis un an environ, seul le vin me fait passer de l'autre côté.

La dernière fois, avant la tentative de suicide, c'est vin et sexe qui ont déclenché la crise. Je ne suis pas homosexuel, mais défoncé au Mad Dog 20-20 [1] j'avais perdu les pédales, et dans un cinéma porno de la Quatorzième Rue j'ai laissé deux types regarder et se branler mutuellement pendant que j'en baisais un troisième. Ma conscience clignotait, allumé éteint, pourtant je me souviens de presque tout. Je ne sais pas pourquoi j'ai fait ça, sinon que j'ai dû en avoir envie. C'était la nuit où je me suis enfoncé le couteau à viande dans le ventre.

L'effet de la cure ne dure pas. Ça répare provisoirement. Je me passe de vin trois semaines ou trois mois, seulement de la gnole, mais la tête recraque et c'est reparti pour un tour.

---

1. Expression désignant le Mogen David, vin rouge doux, à forte teneur en sucre. (Toutes les notes sont du traducteur.)

Ce que je cherche à dire, c'est qu'il existe un endroit, au-delà de la volonté et de l'angoisse, où les valeurs et les exigences de la vie quotidienne disparaissent. Où seule compte de survivre, moment après moment, pour éviter la dépression.

Chez les dingues, avec moi, il y avait Delbert. Je règle son cas tout de suite. On a dormi dans la même chambre pendant trois semaines. Un gars de Lubbock, Texas. Il avait atterri derrière le guichet d'une boîte de Wall Street. Famille standard, 2,1 enfants et femme au foyer. Je passe les détails mais pendant dix ans Delbert rentre à la maison et part au travail comme on lui dit. Comme tout le monde, il a des problèmes, il est malheureux alors parfois, au déjeuner, il boit. Puis il rentre à la maison, s'installe devant la télé et reboit. Le week-end, il boit. Delbert n'a rien de particulier. C'est un individu moyen avec une famille et un boulot. Un matin, il a besoin de boire tout de suite pour se calmer les nerfs. Il n'a pas envie qu'à la gare de Long Island la dame du guichet le voie trembler quand il prend son billet. Ni qu'au bureau, les secrétaires remarquent qu'il a du mal à verser le café dans le gobelet. Par nécessité donc, le voilà devenu buveur du matin.

Là-dessus, un soir après le travail, Del rentre un peu gris. Dispute avec madame, une de plus, à propos de la boisson. (Je parle ici de choses banales, qui peuvent arriver à tout le monde.) Il sort, file dans un bar, revient complètement noir à deux heures du matin et va se coucher avec Mélissa. Mélissa, c'est sa fille. Elle a dix ans. Sobre, l'esprit clair, il ne lui viendrait jamais à l'idée de grimper sur sa propre fille, de la sauter et de lui faire mal. Mais Delbert est dans le brouillard. La femme entend du bruit et découvre la scène.

L'assurance paie la désinto à Saint-Joseph de Cupertino. Delbert est accablé, il ne se savait pas descendu aussi bas. Capable d'introduire son sexe dans le corps de son enfant.

Le pauvre Delbo peut-il se le pardonner ? Apparemment pas, puisqu'il s'est pendu la semaine dernière et que maintenant il est mort.

Je m'étais assoupi. Vers quatre heures et demie du matin, je me réveille avec l'envie de pisser. À côté de moi, le lit de Delbert est vide. Dans le couloir, pour aller aux toilettes, on passe devant la salle de jeux. Je savais que Delbert avait du mal, qu'il se débattait avec la honte et la vérité, lui, l'ivrogne qui avait violé sa gamine.

La salle de jeux est fermée, les malades n'y ont pas accès sans surveillance. Delbert y est pourtant, pendu les veines coupées, la totale. Il y a du sang partout. Avant l'extinction des lumières, nous avions parlé football. C'était un supporter des Cow-boys. Salut Delbert.

Agnès, ma femme, est venue me chercher en taxi il y a deux jours. Agnès me déteste, elle vomit notre mariage, mais elle n'est jamais en retard. C'était un taxi officiel et le type attendait avec le compteur qui tournait.

J'ai dit au revoir à Ed D., Capgun Steve et aux autres qui traînaient dans le coin pendant que le chauffeur fourrait mes affaires dans le coffre. Ed a fait un « V » les mains en l'air comme Nixon. J'ai serré des mains et dit « salut, salut ».

Dans le taxi, Agnès ne desserrait pas les dents. J'ai fumé une cigarette et regardé l'autoroute défiler pendant dix minutes avant de l'entendre dire que Jonathan Dante, mon père, était en train de mourir, les reins, le diabète, c'était pour ça que la cure était écourtée. Depuis sa deuxième amputation à la jambe, le vieux vivait à la maison sous la garde de ma mère et son vieux corps usé, aveugle et diabétique avait fini par lâcher. Tout ce qu'il en restait était visible au service des urgences du Cedars Hospital de Los Angeles dans un état critique.

J'ai épousé Agnès il y a onze ans. D'une famille juive du Bronx, elle était professeur. Yeux noirs, cheveux noirs, cul merveilleux, un oreiller d'ange. Nous nous étions rencontrés un soir au temps où j'écrivais, dans une lecture de poésies sur la Deuxième Avenue.

J'avais récité deux de mes poèmes, des textes déjà publiés, courtes pièces pleines de fureur. Elle avait trouvé ça bon et demandé à une collègue prof de lettres de nous présenter, ce qui fut fait. Aggie trouvait beaucoup de romantisme aux poètes buveurs de tequila et nous étions revenus dans mon studio conclure une discussion sur Yeats.

Après, nous avons vécu ensemble. Je travaillais, elle aussi. À cette époque, j'écrivais la nuit et tout se passait bien. Mais j'avais souvent la migraine, j'étais déprimé par mon œuvre et les boulots alimentaires sans intérêt qui rapportaient des clopinettes. Je me suis mis à critiquer Agnès, à être dur avec elle et j'ai fini par m'auto-prescrire du whisky pour me remonter le moral. Et j'ai remarqué ceci : quand j'arrêtais d'écrire et quand je buvais, j'étais moins déprimé. J'ai cessé de critiquer Agnès mais j'ai aussi perdu tout intérêt à l'histoire.

Peu après, j'ai trouvé un boulot d'intérim dans la vente par téléphone. Surprise, j'avais le don ! Vite, j'ai gagné pas mal d'argent et tout a changé. Dans la fièvre du succès, dépression et migraines ont disparu. C'est ainsi que j'ai abandonné l'écriture.

Un an plus tard, j'avais monté ma propre boîte. Je vendais des vidéos pornos avec un associé et, un week-end, Agnès et moi sommes allés nous marier dans le

Maryland. J'ai promis de me remettre à écrire, joli mensonge puisqu'à l'époque je ramenais cinq mille dollars par semaine, parfois plus. Quand j'en ai eu ma claque de vendre du porno, je me suis recyclé dans les copies pirates de films. Six mois ici, un an ailleurs, au téléphone quatre ou cinq heures par jour. Où que j'aille, je devenais un caïd. Les mois creux, je gagnais deux fois le salaire de prof d'Agnès.

Par la suite, j'ai vendu des fournitures de bureau, des rubans et des circuits d'ordinateur, des crédits garantis, des outils, de l'espace publicitaire et des concessions pétrolières. Dès qu'un business ralentissait, je passais au suivant.

Après le boulot, en fin d'après-midi, j'ai pris l'habitude de m'arrêter dans les bars. Les premières fois, j'y allais avec les autres types du standard, des acteurs, des musiciens au chômage, des gens comme moi qui se prostituaient pour vivre. On sniffait un maximum de coke, on flambait. Peu à peu, avec le temps, la déprime est revenue, l'ivrognerie s'est aggravée et je suis devenu moi aussi un buveur du matin.

J'ai ouvert une nouvelle boîte de discount. À mon compte cette fois. Fournitures de bureau. Trois mois plus tard, mon bras droit a expédié, cadeau, une télé couleurs 90 centimètres de huit cents dollars à un chef de service qui s'est fait prendre en train de réceptionner le pot-de-vin. Son patron en a touché un mot au bureau du procureur et trois semaines plus tard j'ai dû mettre la clé sous la porte. Ils ont posé les scellés, saisi les stocks. Perte sèche, soixante mille dollars.

De cette année datent la première tentative de suicide et le début des traitements pour alcoolisme et maladie mentale. Notre mariage battait de l'aile depuis un moment mais nous évitions le débat. Aggie payait le loyer. J'ai essayé de me remettre aux standards mais je buvais sec, j'arrivais en retard, je traînais au boulot et je me faisais virer. Ensuite, je suis resté à la maison avec le chômage, quand j'arrivais à le toucher.

J'avais envie d'écrire mais rien ne venait. J'avais perdu l'habitude de me concentrer, ça ne m'intéressait plus. J'étais devenu un ivrogne. J'avais beau en être conscient, je n'y pouvais rien.

Dans le taxi qui filait plein sud sur l'autoroute, Aggie me donna des nouvelles de mon père sur le ton d'un reporter de télé commentant une affaire d'usine polluante. Elle prenait plaisir désormais à laisser tomber d'une voix neutre les faits me concernant. Elle discutait, mais avec des gants de caoutchouc. Elle me mitrailla de détails morbides et j'appris les mots techniques et les pourcentages de survie. Glacial, rapport officiel. Ça sautait aux yeux qu'elle me haïssait, elle m'expulsait de sa vie.

Aggie avait fait une découverte : elle ne me supportait plus que sous Valium. Et moi je savais quand elle en prenait à sa voix épaisse, la salive pâteuse.

J'essayais d'accrocher son regard mais rien à faire. Elle parlait au siège du conducteur, à travers la vitre pare-balles, où étaient collées des affiches de films. Elle alignait les mots avec un calme contrôlé, dominateur, plus intéressée semblait-il par la vieille affiche de *La Cité des Anges* que par les deux autres.

Depuis bientôt trois ans, Agnès avait une liaison avec un de ses collègues. Un prof de gym, je savais tout. Bernard Williams, qu'on appelait Buddy. Un nègre basketteur qui avait joué dans l'équipe de l'Université de New York. Deux mètres dix de haut. Je me fichais qu'il soit noir mais je ne supportais pas le mensonge et la tromperie. Ni la facilité avec laquelle Agnès avait tiré un trait sur notre mariage.

Leur histoire avait commencé pendant mon deuxième stage à l'hôpital. Rentré à la maison au terme des vingt-huit jours, j'avais reçu l'ordre de dormir dans le living, sur le canapé-lit. Agnès m'annonça qu'elle travaillait désormais la nuit, qu'elle rentrait tard et gardait la clé de la chambre.

Il ne me fallut pas longtemps pour piger la nouvelle donne. Pourtant, une honte de chien battu me fit garder le silence. J'étais le mari réprouvé. Le méchant. En payant les factures, Agnès m'ôtait le droit de me plaindre. J'étais libre de choisir, le canapé ou la rue.

Au début, voir Agnès avec un autre me faisait mal au ventre. Puis c'est devenu une raison de boire. Elle prenait sa revanche, je le savais, comme la fois où elle a brûlé par dizaines les originaux de mes poèmes de jeunesse parce que j'avais fait la foire, une de plus, et que je n'étais pas rentré de la semaine.

Je basculais de rage en dépression. Une fois ou deux, ivre, j'ai attaqué sur l'affaire Buddy. Sa seule réaction a été de s'enfermer dans la chambre et d'appeler la police.

Après le pont où finit l'autoroute, le taxi a tourné dans l'Harlem River Parkway, puis dans Roosevelt Drive. Dix minutes plus tard, nous étions au carrefour de la 60e Rue et de la Deuxième Avenue, une artère qui passe à deux petits blocs de l'appartement.

J'aurais préféré réagir, ressentir des émotions, devant la mort imminente du vieux. J'ai eu beau attendre, rien. Une torpeur qui me sidérait moi-même. J'avais compris, j'en étais au stade où plus rien ne vous touche.

Le taxi s'est garé contre le trottoir et le chauffeur a sorti le sac du coffre. Agnès gardait le taxi pour aller au travail. « Tu te rends compte, lâcha-t-elle, que tu n'as pas dit un mot de tout le trajet ? »

Je me suis glissé dehors et avant de fermer la portière j'ai passé la tête à l'intérieur. « Merci d'être venue me chercher », dis-je.

Le chauffeur avait repris place au volant.

« C'est tout ? lança-t-elle.

— J'ai dit "Merci".

— Va te faire foutre, bonhomme. »

J'ai regardé le taxi démarrer, j'ai ramassé le sac et j'ai remonté la rue jusqu'à l'appartement.

Il faisait froid pour décembre. Moins dix peut-être. Je n'avais pas envie d'appeler en Californie pour savoir si mon père était mort ou vivant. Je ne voulais pas savoir. Je n'avais pas bu un verre depuis vingt-six jours.

J'ai laissé mes affaires et je suis redescendu vers la station Lexington Avenue et la boutique d'alcools. Je me trouvais face à un choix : l'agence pour l'emploi me devait deux chèques, mais il ne me restait plus que deux cigarettes et pas assez d'argent en poche pour filer au centre-ville racheter un paquet, plus une demi-pinte [1] de Ten-High [2] et tenir jusqu'à l'encaissement des chèques. J'éprouvais un urgent besoin de boire : les cigarettes pouvaient attendre. Au fond, je n'avais pas le choix.

J'ai téléphoné. Jonathan Dante n'était pas encore mort. Allez, on se fendrait d'un voyage.

---

1. 1 pinte = 0,473 litre.
2. Marque de whisky.

Agnès prenait du Valium aussi avant de monter en avion. Elle avait peur et se chargeait. Le lendemain matin, le temps que le taxi nous emmène du centre-ville à Kennedy Airport pour le New York – Los Angeles de 10 heures, les deux comprimés avalés au petit déjeuner l'avaient terrassée. Elle me suivit en titubant à travers le terminal avant de piquer du nez pendant qu'on attendait l'embarquement.

L'avion décollé, Aggie se rendormit. Je savais qu'elle en avait pour des heures. Ça ne me dérangeait pas. J'ai baissé les deux plateaux et commandé deux fois deux petites bouteilles de Jack Daniels que j'ai payés avec un billet de dix dollars pris dans le sac de ma femme.

L'avion était à moitié vide et les sièges autour de nous libres, à part ceux occupés par un autre couple deux rangées devant. L'hôtesse s'appelait Lorette.

J'avais commandé des whiskies. Quand Lorette est revenue avec, j'en ai redemandé une tournée et versé les quatre whiskies sur des glaçons. Tout de suite, la gamberge a cessé et je me suis senti mieux.

Quand Lorette est repassée, j'en ai repris deux de plus avec cette fois un billet de ma poche. Un gros billet de cinquante dollars. Pourquoi, parce que la fille s'était penchée pour ramasser les verres et j'avais noté qu'un bouton du corsage, celui du haut, était défait. J'ai souri, elle a souri. J'avais envie qu'elle voie mon gros billet. Rencontre sympathique, courtoise. Deux Américains en voyage.

« Votre femme s'est endormie immédiatement. Désirez-vous un oreiller ?

— Pas la peine, merci. Elle est bien installée. Elle n'aime pas l'avion, elle prend des tranquillisants. » Une jolie ligne de bronzage rayait le sein gauche de Lorette et elle mettait un rouge à lèvres rouge vif.

« Oh, cinquante... vous n'avez pas plus petit ? »

Je percevais le décollage du Jack Daniels qui me calmait les nerfs. Il suffisait de plonger la main dans le sac d'Agnès, mais je tenais à ce que Lorette voie mon paquet de fric. Qu'elle sache que je flambais avec mes allocations.

Et donc, en me décalant sur le siège, j'ai réussi à glisser la main au fond de ma poche et à sortir les billets de cent, une liasse bien pliée, toutes les têtes tournées du même côté. « Faut voir », dis-je en étalant les billets sur le plateau pour qu'on les regarde ensemble. Je lui ai laissé le temps de compter avant de déclamer : « Désolé, voyez vous-même, j'ai plus grand, pas plus petit.

— Pas mal. J'aimerais avoir votre problème.

— Merci, dis-je, vous n'êtes pas mal non plus. »

Lorette prit le billet et dit qu'elle reviendrait avec la monnaie après s'être occupée des autres passagers. Avant de s'éloigner, elle a souri à nouveau et baissé les yeux sur les huit minibouteilles pleines et les huit vides. « Tout ça pour vous ? » Je lui renvoyai son sourire. « Pas vraiment, dis-je en mentant bêtement, c'est juste que j'aime bien ces petites bouteilles. »

Après son départ, j'ai glissé les minibouteilles pleines dans la poche intérieure de ma veste, sauf quatre que j'ai ouvertes à la file et sirotées.

Je me sentais bien, mais en regardant par le hublot Manhattan qui s'effaçait au loin, je suffoquais de tristesse. Ce fut d'abord une pensée, puis une sensation qui tournoya dans ma tête comme une ballerine silencieuse.

J'ai jeté un coup d'œil à ma femme pour vérifier que j'étais seul, pas de témoin, pas de risque. Je l'étais. Alors je me suis laissé aller. Des larmes ont giclé et un spasme m'a tordu les tripes.

Le Jack Daniels n'avait pas encore frappé et une image précise de mon père a surgi dans mon esprit. Une photo de lui, ma préférée. Je ne l'avais pas vue depuis des années mais elle me revenait clairement : Dante, à vingt-deux ou vingt-trois ans pas plus. Debout sur une pelouse, en tee-shirt trempé de sueur, à contre-jour d'un soleil ardent, le pantalon retroussé comme pour jouer au base-ball, mains sur les hanches, tête inclinée sur l'épaule, il regardait l'objectif avec insolence. Un Dante jeune, fier, qui mordait dans la vie. Mes larmes redoublèrent.

Peu après, je me suis levé pour faire un tour dans l'avion. J'ai dépassé la cambuse et cinglé jusqu'aux toilettes arrière. Devant moi, un gamin attendait son tour.

Le gamin avait envie de discuter et nous avons discuté. C'était un petit futé de douze ans, débordant de statistiques sur les multiples aspects du transport aérien. Durée de vol en fonction de la résistance de l'air, nombre de passagers selon les types d'avions, des bêtises, tout le monde s'en fiche à part les petits garçons. Je tendais l'oreille à la poésie des chiffres, DC-10, 747, Bombardier Furtif et Navette spatiale. La magie du baptême de l'air lui donnait le vertige, le vertige des choses possibles et du merveilleux. Un DC-10 pour lui, c'était un sonnet de Shakespeare, une peinture de Degas.

Bizarrement, le gosse m'apparut comme le fantôme de mon père. Mon père vivant, celui de la photo, qui me parlait et me délivrait après un demi-siècle un message confus d'espoir et de volonté. Ça venait surtout du whisky, je le savais.

Intarissable, le petit gars, et je me suis mis à pleurer. Pas de honte. De nouveau, j'étais roulé par une vague de tristesse. Souffrance au souvenir de l'indomptable fierté qui habitait le vieux à l'époque de la photo. C'était le fantôme de Dante, défiant le temps et la mort.

La porte des toilettes s'est ouverte et une dame est sortie. Elle est passée devant nous, le petit garçon s'est glissé à l'intérieur et il a murmuré avant de s'enfermer : « Toi aussi tu as peur, monsieur ? tu as peur en avion ? »

Je l'ai regardé : « Oui, dis-je, je crois.

— On tombera pas. Je te le promets. Papa dit que c'est aérodynamiquement impossible.

— Tant mieux. Merci. »

Je suis revenu sur mon siège. Sous l'emprise désormais totale du whisky qui changeait dans mon cerveau les couteaux en coussins. Je me suis détendu. Tout irait bien jusqu'à Los Angeles. Confortable. Aggie dormirait. Bientôt on apporterait à manger, j'aurais droit à un film et à d'autres verres. Jonathan Dante, ma blessure à vif, ne faisait plus mal.

Lorette se frayait un chemin dans l'allée avec le chariot-repas. Il lui restait une douzaine de rangs jusqu'à moi mais j'imaginais sans peine ses muscles fermes de jeune animal, ployant tandis qu'elle se baissait pour empoigner les plateaux et les gobelets de plastique et les remplir de Coca Light ou d'eau gazeuse. Elle avait les hanches rebondies et des fesses bien rondes d'une apparente fermeté. Elle n'avait pas reboutonné le haut de son corsage.

Je la regardais remonter lentement l'allée, à reculons avec son chariot. J'ai ôté un magazine et les minibouteilles de mon plateau pour faire de la place avant de réclamer à boire.

Le lourd engin n'était plus qu'à six passagers de moi. Ça m'a donné une idée. J'ai tiré le manteau de ma femme, de son siège sur mes genoux. Puis, tout en surveillant l'approche de Lorette, j'ai défait ma braguette. Je bandais déjà. Ma main allait et venait et je regardais Lorette se répandre en amabilités, tendre plateaux et vins, sodas light et alcools. Plus que six rangs. Plus que cinq.

Quelque chose attira son attention et elle jeta un coup d'œil dans ma direction par-dessus les dossiers. Elle souriait de son sourire d'hôtesse. Sans que nos regards se croisent, je remarquai avec plaisir que sur son corsage un second bouton avait sauté. Un bouton du bas. Le cinquième à partir du cou. Mon sexe était dur comme de l'acier.

La douceur du whisky du Kentucky m'avait libéré de la peur que ma femme se réveille et qu'elle voie. Plus que quatre rangs entre le chariot de Lorette et moi. Des rangs sans passagers. Elle reculait, le lourd chariot ferraillait, sans hâte. Plus que trois rangs. Deux. J'ai raflé sur le plateau les serviettes en papier, vite je les ai dépliées de la main libre, étalées sur mon sexe et j'ai joui. Ham ! Ham ! Ham !

Une seconde plus tard elle était là avec son chariot, penchée sur moi. « Votre déjeuner », dit-elle en souriant. Elle posa deux plateaux et me rendit la monnaie sur le billet de cinquante.

« Merci, bonne idée », répondis-je en souriant moi aussi, apaisé par l'orgasme.

Après qu'elle m'eut dépassé avec son chariot, j'ai retiré sous le manteau les serviettes imbibées, alourdies par le sperme. J'ai déplacé l'assiette, remonté le plateau et vérifié les taches. Pas de taches. J'ai remis mon sexe à sa place et refermé la braguette.

À côté de moi ma femme dormait toujours, dans une paix abrutie, respirant avec peine entre ses lèvres ouvertes et gonflées. Une idée perverse m'est passée par la tête. Pour être quitte avec elle et son amant, elle qui ne me suçait plus depuis cinq ans et qui avait ouvert les cuisses au premier venu.

J'ai déplié les serviettes poisseuses et plongé deux doigts dans le magma blanchâtre. D'un geste vif, j'ai levé les doigts à hauteur de sa bouche et j'ai abondamment tartiné ses grosses lèvres, en prenant soin de glisser un doigt dans l'interstice entre la muqueuse et les dents du bas. Ce geste déclencha un réflexe — ma femme se nettoya avec la langue. Puis j'ai enfoui les serviettes humides dans son sac et avalé les deux plateaux-repas.

2

La vue aérienne de Los Angeles s'avéra plus effrayante encore que dans mon souvenir. De la science-fiction mais réelle, vibrante de vie. Le soleil venait de se coucher quand nous avons amorcé l'atterrissage. La lumière du jour faisait place à des milliards de particules de pollution qui donnaient à l'obscurité grandissante la teinte du sang dans un siphon d'évier. Cette ville énorme comme un cochon obèse, d'un rose corrompu, se déroulait au sol aussi loin que portait la vue, crachante et ronflante, vampirisant ce qui avait été jadis un éden immaculé.

À mesure que l'avion descendait vers les autoroutes embouteillées, je me sentais dévoré, avalé par cette canopée d'immondices. Un instinct primitif m'avertissait que ma présence ici était une erreur. Qu'on allait exiger de moi des choses dont je serais incapable. La noirceur de cette ville était trop profonde pour qu'on puisse s'en protéger.

J'ai réveillé Agnès après l'atterrissage. Nous sommes sortis de l'avion et nous avons gagné le tourniquet des bagages pour attendre mon frère, Fabrizio. J'avais oublié ces longs couloirs, les tapis roulants. Soudain, mon cerveau a bondi comme un singe en colère. Mon corps réclamait de l'alcool. Je me suis mis à suer et le monde à tourner.

J'ai laissé Agnès près du tapis à bagages ondulant et luisant. Dans les toilettes, je me suis jeté à pleines mains de l'eau sur la figure. J'ai senti le froid neutraliser la suée, j'ai regardé de quoi j'avais l'air. Ce que j'ai vu m'a fait ricaner. Le type dans le miroir était un imposteur. Ce costume d'affaires, cette cravate, c'était outré, absurde. Pourquoi ne pouvais-je m'empêcher de montrer aux gens que j'allais bien ? Qu'est-ce que j'en avais à fiche ? Ils savaient tous, déjà, que ma vie fichait le camp en morceaux.

À l'image de cette ville insensée, je me désagrégeais de l'intérieur. Au fond, Los Angeles m'allait comme un gant. J'étais là sur mon terrain, avec les assassins de mon père, les petits malins producteurs à vingt-deux ans et les gourous de la distribution qui avaient joué avec sa vie. J'étais un vrai fils de L.A.

Tout allait pour le mieux. Je m'étais déshonoré dans une crise d'éthylisme sexuel, je m'étais coupé les veines en prison et maintenant j'allais serrer la main de mon frère et embrasser la joue maternelle.

Alors, dans les toilettes de l'aéroport, j'ai pris une décision. Au diable tout ça. Finis les efforts imbéciles pour plaire aux autres, finis les cadeaux. Mon père avait passé sa vie à dire ce qu'on lui disait de dire et à cirer les bottes d'acteurs et d'agents hollywoodiens ; résultat, il était en train de mourir. Ça ne l'avait pas rendu plus heureux. Et moi, j'étais comme j'étais.

Je me suis séché la figure. Sans remords. Et je suis allé aux bagages retrouver mon frère et ma femme.

Son vrai prénom, sur le certificat de naissance, c'était Fabrizio, un choix que mon père regretta immédiatement : trop prétentieux pour un fils d'écrivain, trop ethnique pour la Californie du Sud. Aussi, quelques jours plus tard, le changea-t-il en Thomas. Mais légalement, c'était toujours Fabrizio.

J'aimais bien ce nom, Fabrizio. Original, vaguement grotesque. J'avais douze ans à sa naissance et j'ai continué à l'appeler Fabrizio quand on était ensemble. Fabrizio, pas Tommy. Le vieux me répétait d'arrêter mais je continuais, ça faisait un secret de cœur entre le gosse et moi. Pour moi, il était toujours Fabrizio.

Physiquement, nous étions à l'opposé. J'avais les cheveux clairs. J'étais trapu comme mon père, mêmes yeux, même nez et même menton, mais avec la peau blanche de ma mère. Fabrizio avait la peau foncée du vieux et des cheveux ondulés de rital, mais la minceur britannique et distinguée de sa mère.

Nous étions fruits du métissage, ce qui arrive quand une femme de la classe moyenne supérieure, d'origine anglo-saxonne, épouse le fils d'un maçon italien à la peau olivâtre et aux doigts épais.

J'ai quitté Malibu pour New York quand Fabrizio avait douze ans et le gosse avait fini par me voir comme une sorte de demi-père. Toute son adolescence, je fus le sujet de fréquentes discussions à la table familiale. Il entendit parler des sommes considérables gagnées et perdues dans mes diverses opérations de vente par téléphone. Par la suite, sa vision se modifia au rythme des arrestations et des tentatives de suicide. Aujourd'hui, il me voyait plutôt avec l'œil de ma femme : un sujet de laboratoire.

Fab avait vingt-cinq ans maintenant et un diplôme d'économie de l'Université de Californie. Il possédait la même voiture que huit ans auparavant, une Ford Country Squire 1970, break doté d'un moteur monstrueux qu'il avait bricolé. Il sortait avec les deux mêmes filles qu'au lycée.

On a chargé les bagages dans la Country et pris au nord en direction de Malibu. Fab m'annonça que l'état de mon père était stationnaire. Les reins atteints sans recours, il ne lui restait plus, d'après les docteurs, qu'un ou deux jours à vivre.

Il était sept heures et l'air avait la tiédeur d'un soir de canicule. Fab et Agnès bavardaient à l'avant, je fumais sur la banquette, vitre baissée.

Malibu était devenu un nom de voiture et de vêtements. De série télé, aussi. Des années plus tôt, à mon arrivée à New York, les gens réagissaient bizarrement quand je disais que je venais de Malibu. J'appris ainsi que je sortais d'un endroit où l'on allait mais qu'on n'était pas censé quitter. Pour les New-Yorkais, j'étais un personnage de Disney. J'ai cessé de parler de Malibu. Quand on me demandait d'où j'étais, je disais « L.A. ».

Une nuit, deux semaines après mon arrivée, je me suis soûlé dans un bar de la Première Avenue et j'ai parié avec un type dont la sœur habitait Pomona que Los Angeles était rempli de statues de stars de cinéma. Celle d'Emilio Esteves à Santa Monica, celle de Peter Graves à Glendale. Et que Vincent Price avant sa mort possédait en Californie une chaîne de magasins discount qui portait son nom [1].

Sur la Coast Highway [2] en roulant vers le nord, les souvenirs affluaient, repères dans le paysage. Combien

1. Allusion à la chaîne Price Costco.

2. La Pacific Coast Highway, ou route n° 1, qui longe l'océan Pacifique du haut en bas de la Californie.

de fois étais-je passé devant le restaurant Gladstone ? Cinq mille ? dix mille ?

Je revoyais les photos de la maison trente ans avant, une vaste propriété, style ranch en forme de Y, isolée au bord d'une falaise battue par les vents, quinze kilomètres au-delà de Malibu. Les zones pavillonnaires avec banque ne s'étendaient pas aussi loin à l'époque et le marché le plus proche se trouvait à mi-chemin de Santa Monica.

Je me souvins qu'enfant, un jour où j'avais grimpé sur le toit pour chercher une balle de base-ball perdue, j'avais remarqué qu'il n'y avait pas de maison à moins d'un kilomètre. La nôtre était construite sur un promontoire en saillie sur l'océan Pacifique où, deux siècles auparavant, les Indiens enterraient leurs morts. Le promontoire portait le nom d'un explorateur français, Dume. Prononcer *Doom* [1].

Quand on regarde vers le nord depuis Torrance ou Redondo Beach, la dernière terre visible est cette colline nommée Point Dume, au profil aplati. Pendant la Seconde Guerre mondiale, le ministère de la Guerre l'avait scalpée pour y installer une batterie d'artillerie. Le « Péril Jaune » attendu d'Orient n'était pas venu et, vingt ans plus tard, Jonathan Dante avait acheté l'une des quatre haciendas de la lande.

Les années cinquante. Les vents d'après-midi mugissaient sur le plateau et arrachaient aux falaises des herbes molles qui tombaient en vol plané dans la mer trente mètres plus bas. On entendait les phoques aboyer sur les rochers et parfois, par le travers de la pointe, une tribu de baleines en route vers les eaux chaudes du Mexique venait souffler et cracher des geysers de gouttelettes.

---

1. « Fatalité » en anglais.

L'argent du cinéma avait payé la maison Dante. À vingt et un ans, mon père avait fait la route, de Boulder à L.A. en stop avec trois dollars en poche, avant de devenir un scénariste riche et célèbre. Il avait pris au sérieux son mentor, H.L. Mencken qui, au début de sa carrière, lui avait conseillé de « prendre tout l'argent qu'ils te fileront jusqu'au dernier centime ».

Six mois après son arrivée à L.A., le jeune Jonathan Dante croupissait dans une chambre d'hôtel de Bunker Hill, incapable de finir son roman, fauché comme les blés, avec plusieurs semaines de loyer en retard.

C'était un petit boulot de quinze jours. Un écrivain ami de mon père qui avait lu ses nouvelles et touchait de gros chèques hebdomadaires chez RKO le recommanda pour la réécriture d'une scène d'amour dans un film de John Garfield. Un boulot à cinq cents dollars par semaine. Assez pour financer le roman de Dante pendant les six mois à venir. Il sauta sur l'argent facile et servit deux maîtres le reste de sa vie.

À Los Angeles, il arriva à Jonathan Dante ce qui arrive à un homme qui tombe amoureux d'une garce superbe et égoïste. Chaque fois que vous touchez ses seins ronds et durs, que vous vous perdez entre ses jambes, l'extase vous chavire le cœur. Posséder cette perfection vous remplit comme une drogue, un don du ciel. Plus jamais vous ne débandez. Gros chèques et baisers profonds, c'est le remède universel.

Ni le futur ni le passé n'importaient à Dante, il avait appris qu'à Hollywood rien ne compte que le PRÉSENT. Il oublia sa passion, écrire des romans. Il se mit au golf. Claquer de la thune et picoler chez Musso avec ses collègues scénaristes devinrent son centre d'intérêt principal. Par la suite, il n'eut d'autre souci que les bouclages de scénario, la Bourse, l'immobilier et le green de Fox Hills.

En ces temps-là, L.A. était la perle des villes. Des avenues magnifiques, immenses et dégagées, un air sec et vif, un soleil éternel qui répandait l'espoir sur le monde. Les gens y étaient ouverts et amicaux et l'industrie du cinéma conférait à l'endroit une ambiance de rêve réalisé à laquelle nul n'échappait. Tout était possible. Il suffisait de déménager vers l'ouest, à L.A., pour changer de vie. La Californie du Sud était le prototype du New Deal à la Franklin Roosevelt.

Et lui, Dante, l'écrivain sans le sou grandi dans la misère des années trente, débarquant dans cette belle ville triomphante, kibboutz paradisiaque rafraîchi par les vents, se disait qu'il devait à tout prix la posséder et glisser sa langue dans chacun de ses orifices. À ce moment-là, peu lui importait de savoir déjà, au cœur de ses os, qu'il léchait le clitoris de la femme-araignée.

3

Vingt minutes après Sunset Boulevard, nous avons quitté la Coast Highway et pris la route d'Heathercliff. Devant nous roulait une Benz décapotable. Sur la plaque personnalisée, j'ai lu « SE ME WIN [1] » et j'ai su que j'étais rentré à la maison.

En tournant dans l'allée, j'ai vu que les lumières étaient éteintes. Maman, dit Fab, était à l'hôpital avec ma sœur et son mari, Benny Roth.

Je suis sorti de la voiture pour ouvrir le portail métallique. J'ai basculé le loquet et j'ai poussé d'un mètre, pas assez large pour le break de Fab.

Dans le noir un gond rouillé a grincé, comme une plainte assourdie. Quelque chose me retenait d'ouvrir la grille à fond.

Une seconde plus tard, je savais quoi. J'ai entendu un grondement lointain et le clair de lune a éclairé une torpille blanche et poilue, un chien qui déboulait du coin. Un solide bull-terrier de quatorze ans, Rocco. Le bonheur et la gloire de mon père. Ce que Jake La Motta avait été chez les poids moyens, Rocco l'était chez les

1. « Regarde-moi gagner. » L'orthographe du verbe *see* est modifiée afin que l'inscription tienne en sept lettres conformément à la norme des plaques minéralogiques californiennes.

chiens. Il approchait. Je vis sa patte boiteuse et les vieilles cicatrices aux bords déchiquetés qui lui couvraient la gueule, rivières de douleur à sec au terme de cent combats.

Le crâne arborait les traces de la croissance démographique du quartier familial. Comme des cercles dans l'épaisseur d'un arbre, chaque cicatrice marquait une arrivée, un doberman, un rottweiller, un berger allemand ou un danois. Rocco se battait contre tous les autres chiens, pendant que leurs maîtres construisaient des maisons et commettaient l'erreur de les laisser franchir le périmètre de la propriété paternelle. Tous ces combats étaient gravés sur la gueule de Rocco.

À un mètre de moi, l'animal s'arrêta et s'ancra dans le sol. Il m'inspectait. J'attendis. Il ne grognait plus et ça m'encouragea à tendre la main vers lui.

Rocco me happa joyeusement par la manche, comme un maître de kung-fu enseigne un coup mortel à un enfant de huit ans. Puis il me lâcha, et je lui abandonnai le contrôle de la situation.

Je suis entré dans la maison avec Aggie et nous avons préparé la chambre qui avait été jadis la mienne et celle de Fabrizio. Les deux lits doubles étaient toujours à la même place, séparés, un arrangement qui ravit Agnès.

Fab me demanda si je voulais retourner à l'hôpital cette nuit pour veiller le vieux avec lui. Je n'en avais nulle envie. Mon jeune frère, sachant que je sortais de cure, ne fit aucune pression et me proposa de rester dans la villa. Pas envie de voir le vieux. Pas tout de suite. Plutôt que de rester seule avec moi, Agnès décida d'accompagner mon frère à l'hôpital. J'aurais la maison pour moi.

Après leur départ, je suis allé dans la cuisine inspecter les réserves d'alcool. Il y avait un comptoir couvert de bouteilles de whisky et de vodka. Je me suis rempli un verre et j'ai marché jusqu'à la falaise pour y fumer une cigarette et boire dans la nuit. Les fantômes des chiens morts et la voix murmurante du vieux dans ma tête me tenaient compagnie.

J'imaginais trente mètres plus bas la plage paisible au clair de lune et je sentais le souffle sec du vent de Santa Ana qui descendait de l'Est.

Ma place, j'en étais sûr, était ailleurs. Je reconnus cette sensation familière d'étrangeté, de coupure, que j'éprouvais depuis toujours dans les centres de traitement. Et dans l'appartement, avec ma femme. C'était clair désormais, je me sentais mal à l'aise partout.

Ça faisait partie des causes de mon dérapage alcoolique. L'information avait fait son chemin dans ma tête, j'étais conscient que je me fichais de tout, mais le Jack Daniels et le vin émoussaient le tranchant de cette vérité et pour ça, j'étais incapable de décrocher.

L'odeur de l'océan saturait la nuit. Debout sur la falaise, je regardais. Rien ici n'avait changé et tout était différent.

Au matin, Agnès dormait encore quand j'ai trouvé le mot de Fabrizio. Ils étaient rentrés de l'hôpital après minuit et il était reparti chez lui à Santa Monica.

D'après le mot, le vieux s'affaiblissait. On le maintenait en vie avec un médicament qui faisait fonctionner les reins et une pneumonie s'était déclarée. Maman avait passé la nuit à ses côtés dans l'unité de soins intensifs. Il restait à John Dante moins d'un jour à vivre.

J'étais debout depuis l'aube. En sueur, à fumer des cigarettes en arpentant la vaste demeure inhabitée. Quand le jour a pointé, je me trouvais devant l'évier de la cuisine en train de faire du café et je regardais par la fenêtre, là-bas vers le nord. Dans le demi-jour, j'ai repéré les nouvelles constructions. La dépression immobilière des années quatre-vingt-dix avait épargné Point Dume. En plissant les yeux pour voir loin sur la route, j'ai reconnu l'endroit où s'ouvrait jadis la ravine, un lit de torrent avec galets et blocs erratiques. Tout avait disparu. Enfoui. À la place se dressait un machin coûteux, une maison verte à baies vitrées montée sur pilotis. Je suis allé dans la salle de bains, j'ai vomi, je me suis douché et j'ai continué à verser des doigts de whisky dans mon café pour calmer la tremblote. Que les frissons reviennent aussi vite après un mois de désinto sans boire un verre me tracassait. Après avoir ralenti les spasmes, je me suis occupé de régler ma montre sur l'heure locale et j'ai constaté que j'avais dormi deux heures au total.

J'étais en train de me raser quand j'ai entendu Fab arriver et traverser la maison jusqu'à la véranda de derrière. Il a crié « Il y a quelqu'un ? » mais je n'ai pas répondu. Les yeux que j'ai croisés par-dessus mon épaule dans le miroir de la salle de bains étaient ceux d'un chien perdu sur une autoroute.

J'ai convaincu Fab de laisser dormir Agnès tandis que nous irions ensemble au Cedars. Il savait que ça n'allait plus entre Agnès et moi. Depuis des jours il se dévouait avec sa Country Squire, faisait la navette de Malibu à Santa Monica pour passer prendre ma sœur, puis de là à l'hôpital. Il faisait les courses pour notre mère, allait chercher les médicaments. Il relevait le défi de la mort du vieux en s'occupant de tout.

Nous avons bu un café, debout dans la cuisine. Il m'a demandé ce qui m'arrivait. Comment j'avais atterri chez les fous. C'était un gars sérieux et cette question directe trahissait la peur d'avoir hérité de la même maladie que moi.

Je lui ai répondu qu'on ne planifiait pas les crises. Me faire arrêter pour outrage public à la pudeur faisait partie des choses qui arrivaient quand j'étais soûl. Je n'avais pas prémédité de me conduire comme un dégénéré. Mes actes m'échappaient, je ne contrôlais plus rien. Tout ça me dépassait complètement.

Mais j'étais son frère et il voulait savoir pourquoi je me faisais sucer le zizi par des hommes. Il en concluait visiblement que j'étais un égoïste irresponsable et que mes problèmes venaient d'un manque total d'autodiscipline. Je buvais trop et je me laissais sombrer dans le délire, tel était mon problème.

Nous avons parlé de lui aussi. Fab était fier de s'être hissé du collège à la fac tout en gagnant sa vie dans un supermarché. Quand le vieux était tombé malade, son revenu s'était trouvé limité à la Sécurité sociale et à la pension de la Guilde des écrivains. Mon frère avait dû financer seul son éducation. Au magasin, en passant de manutentionnaire à caissier puis directeur adjoint. Salaire syndical. Vacances. Mutuelle dentaire. Six ans à l'université de Californie. Le diplôme.

Il a reculé dans l'allée et pointé la voiture direction L.A., puis il m'a passé sa montre. Une montre digitale à chronomètre.

Il voulait que je l'aide à minuter le parcours. C'était un jeu. Pour ne pas s'ennuyer pendant ses aller et retour à l'hôpital, il chronométrait ses temps.

Fab a dit « GO », j'ai pressé le bouton noir sur le côté de la montre et il a mis les gaz.

Sur la route, il voulait me parler de sa vie. Comment il avait décroché son diplôme de gestion grâce au travail et à la volonté. En fait, un prêche pour me responsabiliser. J'ai baissé la vitre, allumé une cigarette et regardé les chiffres du chrono défiler, petit mécanisme affolé, le laissant jacasser sur son compte.

Pour Fab, la forme physique était la base de tout. Ça et un mental positif. « Nous sommes nos pensées. »

Pire, il tint à m'expliquer ce qui avait ruiné la santé de papa. De dangereux excès de sel, de gras et de cholestérol. Le stress. Et une gestion calamiteuse de son budget.

Fab me rappela que Dante, pendant toutes ces années où il écrivait des scénarios à L.A., avait gaspillé des centaines de milliers de dollars. Difficile à admettre, marmonna Fab en secouant tristement la tête, mais on ne pouvait nier que le vieux était un monstre d'insouciance et d'égoïsme. Pour Fab, les solutions étaient aussi évidentes hier qu'aujourd'hui. Dante aurait dû acheter du terrain. Il serait riche. Un simple portefeuille d'actions lui aurait assuré une retraite confortable. Mais là, sur son lit de mort, au grand dam de mon frère, maman avait découvert que le vieux n'avait rien laissé à ses héritiers. Il n'y avait même pas de testament.

Après un quart d'heure de route, le mal de ventre refit son apparition. Ce baratin autosatisfait avait déclenché une accumulation de bile au fond de ma gorge. J'étais en sueur, dos de chemise trempé, à bout de nerfs.

Chacun de ses jugements et de ses critiques à la con sur notre père me donnait envie de lui prendre les cheveux à pleines mains et de tirer. Chaque mot, chaque son émis par sa voix venimeuse augmentait ma nervosité.

À la hauteur de La Costa, je fus distrait un moment par les cicatrices toujours visibles du dernier incendie. À première vue, les collines avaient été récurées à fond. Denise Jacobson, une amie de lycée, y avait acheté une maison après la fac et un divorce. Le feu n'avait rien laissé.

Les décombres calcinés de villas luxueuses se dressaient comme des mausolées commémoratifs du caractère démocratique du sinistre. Saigon devait ressembler à ça, après la chute. Ou le quartier de South Central à L.A. après les émeutes. Dieu dispensait la souffrance avec une indifférente neutralité.

Le temps d'arriver à Topanga par la Coast Highway, Fabrizio m'était devenu insupportable. « Gare-toi près du marché, dis-je soudain en coupant son monologue. J'ai besoin de cigarettes.

— Pas d'arrêt, dit mon frère. Je suis pressé, et je sais ce que tu veux.

— Tu crois le savoir mais tu ne le sais pas. Tu ne sais rien.

— Tu veux de l'alcool. On ne s'arrête pas.

— Écoute, je te parle sans agressivité. C'est important pour moi. Je fais ce que je peux. J'aimerais que tu comprennes un truc : par moments, je craque. C'est une sorte de maladie. Tu dois arrêter TOUT DE SUITE ! »

Il ricana. « Je connais cette maladie, Bruno. Tu achèteras ton whisky plus tard.

— Arrête cette putain de bagnole ! hurlai-je en martelant des poings le tableau de bord. Gare-toi, bordel !

— On devrait déjà être à l'hôpital. »

J'ai arraché des dents le bracelet de la montre et je l'ai recraché sur le plancher, puis j'ai balancé le cadran contre le pare-brise.

« Gare-toi, enfoiré !

— Qu'est-ce qui t'arrive encore, Bruno ?

— Tu veux que je t'enfonce les yeux dans le ventre, connard ? »

Il m'a regardé, il a lu sur mon visage. Il a rentré le break dans le parking du supermarché et a coupé le moteur. « Regarde-toi, dit-il, tu te rends compte de ce que tu fais ? Tu es cinglé ou quoi ?

— La ferme ! hurlai-je en pleine crise de tremblote. Boucle-la, c'est tout ! »

Je lui faisais peur, mais il prit le temps de ramasser les restes de la montre sur le tableau de bord en bois verni, de vérifier que le chronomètre fonctionnait toujours et il appuya sur Arrêt pour suspendre le minutage. « D'accord, murmura-t-il. On se calme. Et maintenant ? On fait quoi maintenant ? »

Je suis sorti, j'ai titubé deux ou trois pas et j'ai vomi, plié en deux, entre la voiture et la Volvo d'à côté.

Fabrizio a contourné le capot. « Tu as besoin de quelque chose pour ton estomac ?

— Barre-toi, dis-je en continuant de vomir.

— Pourquoi tu hurles ?

— Tais-toi. Dis plus rien. »

Il attendit que j'aie fini, me regarda hoqueter, puis reprit : « Tu as besoin d'un verre ? Tu veux que j'aille te chercher une bouteille ?

— Oui, c'est ça, dis-je, un goût de bile dans la bouche. Va me chercher une pinte de Ten High.

— Tu t'angoisses pour papa, c'est ça ?

— Je n'en sais rien.

— Je te conseille d'en parler, ça ira mieux.

— Va chercher la bouteille, Fabrizio. On se confessera une autre fois. »

4

C'était ma première visite au Cedars Medical Center. Un bâtiment gigantesque, plusieurs niveaux de parking, qui miniaturisait le Montifiore de New York. Ici, on avait droit à l'hypermarché de la maladie, une caisse enregistreuse géante qui étincelait.

À l'intérieur, passé deux jeux de doubles portes et de longs couloirs en lino, l'hôpital ressemblait à n'importe quel autre. L'éternelle odeur. Fabrizio marchait d'un pas rapide, impatient. Toujours agité, comme s'il ne pouvait s'empêcher de faire la course mentalement. Je le suivais de près, jusqu'à ce que l'odeur et l'idée de voir le vieux soulèvent de nouvelles vagues dans mon estomac.

À la hauteur des toilettes pour hommes, je me suis arrêté et j'ai demandé à Fabrizio de continuer sans moi. Il a fait halte et m'a regardé, l'air de dire qu'il s'en fichait pas mal. M'avoir traîné jusqu'ici suffisait. Avant de se remettre en marche, il a crié par-dessus son épaule le numéro de chambre de notre père.

Je suis entré dans la première cabine, j'ai verrouillé et je me suis assis comme pour pisser. Mais je n'ai pas pissé. J'ai fermé les yeux et serré les paupières aussi longtemps que j'ai pu, en respirant à fond.

J'ai senti mon cœur ralentir. Je me suis mouché, j'ai allumé une cigarette et tiré la chasse.

Ce n'était pas les toilettes principales, plutôt une sorte de coin des employés, ce qui me faisait espérer quelques minutes d'intimité.

Je suis resté assis là-dedans un moment. À réfléchir. À me relaxer. De temps en temps, j'avalais une gorgée à la bouteille que j'avais glissée dans la poche de ma veste. J'ai fumé plusieurs cigarettes.

Il n'y avait pas de grafittis sur les cloisons bleues de la cabine. Tout était propre et comme neuf. Après avoir vidé la bouteille, j'ai compté les mégots dans la cuvette. Il y en avait quatre. Trois d'entre eux laissaient échapper un mince filet brun qui s'écoulait vers le fond. Ils étaient collés l'un à l'autre et de taille égale, fumés comme à mon habitude : jusqu'au filtre.

Le quatrième était non conformiste. Un long. Je l'ai regardé danser dans son coin. Puis je me suis levé et je l'ai visé avec le jet d'urine. Sans réussir à le casser, le jet n'était pas assez puissant. Je me faisais vieux.

La porte des toilettes a cliqueté et j'ai entendu la voix de mon frère. « Bruno ? murmura-t-il.

— Quoi ? répondis-je.

— Ça va ?

— Ouais, ça va.

— Qu'est-ce que tu fais ?

— Tire-toi, Fabrizio.

— Tu ne viens pas ?

— Trois minutes.

— Ça va, tu es sûr ?

— Ça va. Je me prépare.

— Tu as fumé. Dans un hôpital. Il y a un règlement. Interdit de fumer.

— Toi, l'infirmière, va te faire foutre.

— Il y a un règlement. C'est tout ce que je dis.

— Comment va le vieux ?

— Toujours vivant. Du liquide plein les poumons. Ça ne va pas bien.

— Retournes-y. J'arrive.

— Quand ?... maman voudrait savoir. Elle veut te voir. On est tous dans la salle d'attente. Je lui dis quoi ?

— Tu lui dis ce que tu veux.

— Tu arrives quand ?

— Quand j'ai fini.

— Fini quoi ?

— Va-t'en. »

La première personne que je vis en entrant dans la salle d'attente fut Margaret, ma sœur. Maggie. Puis ma mère. Puis Benny Roth, le mari de Maggie.

Maggie sauta sur ses pieds et me prit dans ses bras. Ma petite sœur. Elle avait cinq ans de plus que Fabrizio (Tommy) et sept ans de moins que moi. Ses seins avaient poussé, depuis la dernière fois. Elle m'a serré, embrassé, avant de faire la grimace comme si je sentais mauvais.

J'ai serré maman dans mes bras. Elle a souri. Elle avait l'air heureuse de me voir. Benny Roth m'a serré la main.

J'ai pris un siège et maman m'a raconté en détail ce que je savais déjà. Quatre jours auparavant, au matin, elle était entrée dans la chambre pour réveiller le vieux et elle n'avait pas réussi à lui ouvrir les yeux. Assommé qu'il était, en plein délire. Aussi avait-elle appelé le pauvre docteur Macklin, qui avait immédiatement envoyé mon père à l'hôpital en ambulance.

Macklin, qui soignait mon père depuis vingt-cinq ans, avait appelé le docteur Helmut pour confirmer son diagnostic. Helmut, qui n'était pas vraiment spécialiste, pas sûr de son coup à cent pour cent, avait appelé le docteur Stein. Stein, l'autorité suprême.

Après deux jours de piqûres, de prélèvements, d'écrans de contrôle et de tests coûteux qui avaient rudement secoué l'organisme de mon père, l'unanimité s'était faite, le doute n'était plus de mise, Jonathan Dante allait mourir.

Je me trouvais dans la salle d'attente depuis quelques minutes à peine quand un travesti très agité nommé Copacabana a fait son entrée. Il portait un pantalon noir serré et un haut assorti qui lui arrivait sous les côtes.

Copa marcha vers Dwight, un jeune homme à l'air d'étudiant sérieux qui regardait la télévision. Ils s'assirent sur la banquette à l'autre bout de la pièce, face à celle qu'occupaient ma mère, ma sœur et Benny Roth.

Le Cedars n'est qu'à quelques blocs d'Hollywood et il est bien naturel qu'un paquet d'overdosés et de victimes de balles perdues y débarque, plutôt que d'aller se perdre au fin fond de L.A. Quels avatars avaient conduit ici Copa et Dwight ? Je m'en fichais pas mal mais ça m'emmerdait d'avoir à les supporter. Copacabana était dopé à un truc qui obligeait son corps à se lever à tout bout de champ et à changer de chaîne sur la télévision. Quand il ne parlait pas, il sautait sur ses pieds, cavalait au milieu de la pièce, lançait partout un regard méfiant, ajustait son débardeur ou remontait son collant, zappait sauvagement dans un sens puis dans l'autre, avec une préférence pour les rediffs de sitcoms. Une fois qu'il avait choisi un programme, il revenait sur la banquette et riait comme un malade à des trucs pas drôles puis, vite ennuyé, recommençait le même manège.

Le colocataire et amant de Copa, Paris France, avait avalé un flacon de Percoset et plusieurs gorgées de déboucheur parce que la veille, Copa avait avoué qu'il avait une autre histoire. Et c'était Dwight qui avait découvert Paris France sur le carrelage de la cuisine.

Leur discussion sur ce suicide raté me mettait dans l'embarras. Ma famille savait que j'en savais long sur la folie et l'autodestruction. Ils savaient aussi que, sur mes poignets, cachées sous les manches de chemise, il y avait six profondes cicatrices avec des marques de points de suture, le signe du rasoir. La cicatrice de l'opération, après l'attentat contre mon estomac, n'était pas encore refermée mais j'espérais qu'ils n'étaient pas au courant. Pourtant, alors que Dwight et Copa brodaient sur le suicide de Paris France, je sentais leurs regards fixés sur moi, et j'ai compris qu'Agnès avait tout déballé.

Après l'échec d'une ultime tentative pour ressusciter les reins de mon père, nous fûmes de nouveau admis à son chevet. En deux fournées : maman, Maggie et Benny Roth passeraient les premiers puis, quand ils sortiraient, Fab et moi serions autorisés à lui faire nos adieux.

Il n'avait été facile pour personne d'aimer Jonathan Dante. J'étais convaincu que son immense fierté lui aurait interdit d'accepter à son lit de mort autre chose qu'un docteur ou un prêtre. Tout ça n'était pas une bonne idée. Je n'avais pas envie de le voir là, seul, impuissant et sans espoir. Je n'avais pas envie de le voir du tout.

Quand je suis entré dans la chambre avec Fab, j'ai compris à quel point je n'étais pas préparé. Mes yeux s'ouvraient sur un torse aveugle et sans jambes et mon cerveau refusait le message. Ce demi-humain ratatiné, ce n'était pas mon père.

Le diabète avait amputé les orteils, puis les pieds, les jambes et provoqué une cécité totale depuis cinq ans. Je connaissais les faits. On m'avait tout raconté au téléphone. Maintenant, je voyais.

Je me suis dirigé vers le lit, j'ai pris une main. Doigts courts, épais. Main marteau. Je me souvenais de ces doigts. Je me rappelais qu'une fois, je m'étais dit que Michel-Ange devait avoir ce genre de mains et de doigts. Les moignons de mon père avaient jadis formé les mots inestimables jaillis de sa machine à écrire, sur des hectares et des montagnes de papier, un fleuve de droiture et de souffrance qui était devenu l'œuvre de Jonathan Dante. Les romans de Dante. Et maintenant la rivière était à sec. J'ai penché la tête et posé la main sur ma joue, dans l'espoir d'arriver à parler à ce fantôme. Mais rien n'est sorti de ma gorge.

À la place, j'entendais son souffle, court et rauque, une suffocation. Je savais qu'il ne m'entendrait pas, que son cœur intrépide allait bientôt s'arrêter et qu'il mourrait sans savoir que j'étais venu. À la fin, j'allais reposer la main, je me suis entendu dire « Je t'aime ». À ces mots, j'éprouvai une sorte de chagrin qui n'était pas du chagrin mais qui venait de plus bas, du ventre, la bouche d'un trou sans fond.

5

Assis dans la salle d'attente, nous guettions l'arrivée du docteur Stein. Ma mère avait pris la décision de débrancher les tuyaux et de laisser mourir Jonathan Dante. Maintenant, il fallait l'autorisation de Stein.

Copacabana était furieux contre Dwight. Paris, amant de Copa, avait laissé un mot où il expliquait son suicide et Dwight avait caché le mot. Il avait fallu que Paris soit déclaré mort pour que Dwight rende le papier à Copacabana.

Assis sur nos banquettes face au couple, nous avons regardé Copa lire son message et piquer une crise. Le papier l'accusait, lui, Copa. Et Copa était trop chargé pour se laisser accuser de quoi que ce soit.

Il bondit sur ses pieds et se mit à injurier Dwight, pour avoir défendu Paris France, sauf que Dwight n'avait toujours pas dit un mot. À côté de moi, je sentais Fabrizio au bord de la rupture. Les affligés, c'étaient nous, quand même.

J'ai dit à Copa de la fermer. Que nous (ma famille et moi) étions aussi dans la pièce. Ça l'a rendu fou. Il a marché sur moi, braillant et crachant comme un gosse en colère. « J'encule ta mère et tu peux lécher la merde sur ma bite », brailla-t-il sous mon nez. Puis : « Fous-moi la paix, espèce de petite suceuse ! »

Je me suis levé sans me poser de questions et je l'ai cogné au visage. Mon poing s'abattit direct sur sa joue et il s'écroula.

Il resta là une seconde à se tenir la mâchoire, sonné. Puis, à toute vitesse, bêtement, il se releva et se rua vers moi avec des yeux de cinglé.

J'ai recogné, cette fois sur la bouche et derrière la tête. Son crâne heurta le linoléum avec un bruit sourd.

Il y avait du sang sur sa chemise et son visage quand il est revenu à l'assaut, avide de griffer et d'arracher les cheveux.

Je commençais à craindre qu'il marche au Sherm, l'antidouleur, ou au speed. Ça pouvait durer longtemps.

J'étais furieux, j'avais envie de le massacrer.

Il m'a encore foncé dessus, je l'ai cueilli et renvoyé par terre. Là j'ai cogné et recogné, le nez, la bouche, jusqu'à ce que mon poing saigne et me fasse mal.

Fab et Benny m'ont arraché.

Après l'incident, ma mère ne voulait plus de moi dans la salle d'attente. Maggie avait déjà appelé un vigile et le type insistait, ou je partais ou il m'arrêtait. Dwight a ramené Copa sur leur banquette. Il n'avait pas l'air trop secoué.

J'ai demandé à Fab de rentrer avec lui, puisqu'il retournait à Malibu chercher ma femme. Tout le monde était d'accord pour que Fab parte tout de suite et m'emmène.

Pour sortir du parking de l'hôpital, il faut payer cinq dollars. Fab a payé. Dans la descente de La Cienaga vers l'autoroute, il était encore tout excité par la bagarre et voulait en discuter, mais pas moi.

J'avais désespérément besoin de silence. De rester seul. Envie de prendre le prochain avion pour New York ou le Texas, ou qu'on me lâche au milieu du désert. Impossible de me calmer et d'arrêter la tremblote. Mes mains ratissaient l'air, j'ai dû les coincer sous les bras. J'ai demandé à Fab de s'arrêter à la première boutique d'alcools.

Fabrizio m'ignorait. Il débitait des guirlandes de syllabes comme une voiture folle qui continue à rouler moteur coupé. Toujours sur la bagarre, et une baston avec un officier de réserve, deux ans auparavant, pendant des manœuvres dominicales.

Il s'était passé quelque chose, quelque part, dans la vie de Fabrizio, qui l'autorisait à penser que toute personne montant dans sa voiture devait écouter son baratin. D'où venaient mes réactions violentes ? ce besoin perpétuel de me bagarrer en prison et pendant les cures ? les flics matraquaient-ils pendant les arrestations ? avais-je personnellement constaté que la plupart des hommes deviennent homos en prison ?

Je l'ai pris par le bras et j'ai pincé fort le biceps. En prison, j'ai crié, les types dans son genre se font dépuceler le cul par les grands frères, les Bubba. Parce que les types dans son genre, les faiblards qui se croient malins, sont le gibier le plus facile.

J'allais encore exploser et Fab l'a senti. Il s'est garé devant la première boutique d'alcools.

En sortant de voiture, j'avais le cerveau lancé en pleine folie. Et la sensation que mon corps pouvait lâcher à tout moment lui aussi. La nausée, de nouveau. Avec ces émotions en rafales, je n'avais pas dormi plus de quatre ou cinq heures les dernières nuits. Je me disais qu'un verre me relaxerait la tête et aiderait le corps à ne pas vomir ni mourir. J'espérais cette fois arriver à me calmer. Depuis des mois, le whisky ne réussissait plus qu'une fois sur deux.

J'ai pris une bouteille et une cartouche de Marlboro et de retour dans la voiture j'ai dit à mon frère que j'étais désolé de lui avoir fait peur. Qu'en ce moment j'étais malade, incohérent, irresponsable. Voilà pourquoi je passais mon temps derrière les verrous. Il a fait la tête du type qui a tout compris. J'étais un débile profond, un dérangé, mais pour lui ça n'était pas un drame.

De nouveau la Country roulait plein sud sur la Cienaga. « Tu as vu comme tu trembles ? dit-il.

— Je sais, » dis-je. J'ai ouvert la bouteille et bu un coup au goulot. « Ça devrait aller d'ici une minute ou deux.

— Explique-moi, pourquoi t'es-tu acharné sur cette pédale ? Tu avais des yeux de fou, j'ai cru que tu allais le tuer. Tu te mets toujours dans cet état quand tu te bagarres ?

— Au départ, c'est lui qui a pété les plombs. Et moi je n'ai pas pu me contrôler.

— Tu étais conscient de tes gestes ?

— Conscient mais insensible. Ça m'arrive de temps en temps, je ne sens plus rien. »

Après une nouvelle et longue lampée, j'ai tendu la bouteille à Fab. Je regrettais mes paroles, mes provocations, et je n'étais pas sûr d'être déjà pardonné.

Ça m'a fait drôle qu'il prenne la bouteille et boive un coup, et qu'il me la rende. La tremblote ralentissait.

« C'est vrai, dit Fabrizio, la langue ensalivée par la brûlure du whisky, tu as hérité du point faible de papa, sa méchanceté.

— Ouais, dis-je, le sale caractère et pas le talent. »

Sur la Pacific Coast Highway, silence dans la Country. Je passais le goulot à mon frère, il me remerciait, buvait un coup. À hauteur de la jetée de Malibu, j'ai suggéré qu'on s'arrête téléphoner pour savoir si Jonathan Dante était mort. Comme je l'avais prévu, Fabrizio s'est garé sans discuter. Le whisky le décoinçait.

Une moitié du restaurant était fermée, en travaux depuis le dernier incendie. Assis au comptoir, on regardait au-delà de la baie vitrée la mer et les surfers. Il faisait chaud pour un mois de décembre. Vingt-deux.

La jolie serveuse portait une chemise de smoking amidonnée et boutonnée jusqu'au cou, et un nœud papillon. On devinait un soutien-gorge noir brodé, plaqué contre la chemise par les seins. Elle avait des cheveux noirs, un rouge à lèvres rouge vif, se faisait appeler Wilson et me versa un verre respectable.

C'est Fab qui a passé le coup de fil. J'en étais bien incapable. Il s'est dirigé vers les toilettes et le téléphone à pièces, Wilson me versait le deuxième et j'attendais la suite des événements.

En revenant, il souriait.

« Il tient le coup, dit-il en s'asseyant.

— Il n'est pas mort ?

— Pas mieux, pas mort. On a débranché les tuyaux mais il s'accroche. Stein a dit à maman que c'est le cœur. Le cœur ne veut pas arrêter de battre. C'est le dernier organe qui fonctionne et il tient. Un miracle. »

Puis Fab s'est mis à pleurer. L'alcool lui avait lubrifié le cœur. Il aimait enfin papa sans limites.

Il a bu, pleuré. Après une demi-heure, complètement parti, il était amoureux de Wilson et philosophait sur la mort. Son American Express étant restée sur le comptoir, Wilson continuait à verser.

Pour impressionner la fille, il racontait l'immensité de son amour pour son père et la vie de poète maudit qui avait été celle du vieil homme. Wilson n'avait évidemment jamais entendu parler de Jonathan Dante, ni comme écrivain ni autrement. Ni elle ni personne, sinon une poignée de gens du cinéma, aujourd'hui morts pour la plupart.

Le Dante dont je me souvenais était moins poète, plus voyou. Ce bar me rappelait un jour où, j'avais douze ans, mon père avait dit à tout le monde qu'il m'emmenait à un match des Dodgers. En fait, il s'était soûlé et il était revenu à la maison en titubant bien après la fin du match.

Mon frère s'est mis à réciter des vers à Wilson, un poème qu'il connaissait par cœur depuis longtemps. J'écoutais en sirotant mon verre, et soudain les mots me parurent familiers. Un passage maladroit d'un premier livre de Dante ? un passage lyrique dans un de ses romans ?

Puis je me suis rendu compte, et ce fut un choc, qu'il me récitait un de mes propres poèmes, paru vingt ans plus tôt dans le journal du lycée de Santa Monica. J'avais écrit ce truc pour un cours d'anglais, et j'avais fini par le faire publier à New York dans le journal d'un musée.

Cette récitation m'épouvanta. J'en étais malade. J'ai agrippé Fabrizio par le bras mais il insistait. Parce que ça me remettait le nez dans ma nullité d'écrivain. Prétentieux, sans profondeur et impudique.

J'avais l'impression qu'un oncle italien ivre mort me posait sur une chaise au milieu d'une réunion de famille et racontait en braillant le jour où il m'avait surpris à me masturber aux cabinets. Heureusement que le poème était bref.

« Où as-tu pêché ça ? dis-je.

— Le vieux. Il le savait par cœur. Il m'a donné le magazine.

— Ne refais jamais ça. »

Fabrizio se pencha vers Wilson. « C'était beau, hein ? dit-il. Un poème éclair, comme les haïkus. »

Wilson sourit, consciente que le silence était son meilleur atout. Fab passa le bras derrière mon cou. Son élocution s'empâtait... « La harpe du poète... syllabes dégoulinantes de vérité... il disait toujours que tu avais le don... il t'aime. »

L'année où j'avais écrit ce poème pour la fac, j'avais reçu une lettre de mon père avec des timbres italiens sur l'enveloppe. Il était en virée à Rome pour réécrire des scènes dans un film de gangsters. La seule lettre de Jonathan Dante que j'aie jamais reçue. Pas un mot du poème, mais je savais qu'il n'aurait jamais écrit la lettre sans le poème. C'était sa façon de remercier.

J'avais toujours la lettre. Je la conservais pliée dans la page de garde d'un recueil de nouvelles de Pirandello.

6

Le soleil se couchait quand je suis arrivé avec Fabrizio à Point Dume. J'avais pris le volant, Fab avait trop bu. Mais j'étais dans un sale état moi aussi et je crevais de fatigue. J'ai réussi à piloter la grosse Country entre le portail de derrière et le parking, puis j'ai aperçu la villa, sombre et déserte. Signe que mon père était toujours vivant.

J'ai déchargé Fab et nous nous sommes dirigés vers la porte de derrière. Il m'a dit où trouver la clé et je me suis souvenu que c'était là sa place, au clou tordu sous le compteur à gaz devant la véranda. Tout en tenant Fab contre la balustrade, j'ai fouillé dans le noir jusqu'à sentir la clé sous mes doigts.

À l'instant où j'ouvrais la porte, j'ai entendu un bruit dans mon dos. C'était ce bon vieux Rocco, avec ses côtes qui pointaient à travers sa fourrure sale et pendante.

Le chien tenait quelque chose dans la gueule mais dans l'obscurité, difficile de voir quoi. Je suis entré et j'ai allumé la lampe de la véranda. À la lumière, j'ai vu que c'était un animal. Petit, mouillé et mort. Et qui puait.

Rocco a émis une sorte de couinement aigu pour attirer mon attention. J'ai refermé la porte et descendu l'escalier à sa rencontre. Ce que voyant, il a lâché la dépouille à mes pieds pour me faire admirer sa proie.

Le carcasse mutilée avait une large tête écrasée et un petit corps gras au poil touffu. Pattes de rongeur mais queue trop courte pour le genre *Rattus*, j'en ai déduit qu'il s'agissait d'un écureuil, car mon père m'avait dit une fois que Rocco était un excellent chasseur d'écureuils.

Le chien avait attendu longtemps au pied de la véranda pour présenter son trophée. Attendu la voix de mon père.

Mais je n'étais pas Dante et n'avais pas de tendresse particulière pour les chiens. Bien que, un instant, Rocco m'eût fait de la peine. Mais quoi. Je n'allais pas le féliciter d'avoir tué un écureuil.

On s'observait. Il continuait à couiner son falsetto dans les aigus et semblait nerveux. Il ne s'arrêtait de chialer que pour respirer, un souffle rapide, court et profond.

Je voyais qu'il attendait une réaction, que je ramasse le rongeur et que je lui tapote la tête en disant « bon chien ».

Non. J'ai fait demi-tour vers l'escalier. Mauvais choix, qui a agacé le chien. Le couinement a pris du volume et, comme je continuais, s'est transformé en grondement. J'ai pris peur. Rempli de whisky, mais paniqué. Et s'il attaquait ? Le vieil homme racontait souvent comment Rocco avait mordu l'employé du gaz qui avait commis l'erreur de caresser la tête de ma petite sœur. Je ne voulais pas d'histoires.

Je m'en suis tiré par un compromis, en m'arrêtant à mi-hauteur de l'escalier. Je n'étais pas doué pour affronter un chien en colère. Il attendit lui aussi, m'étudiant avec une intense concentration. Temps mort.

Je me suis souvenu d'un truc que m'avait dit mon père des années plus tôt. Une règle de comportement. Quand on le présentait à quelqu'un, il commençait par insulter le type cinq minutes. Pour marquer son territoire. Rocco, peut-être, imitait le vieux.

Puisqu'il n'attaquait pas, j'ai repris courage et j'ai choisi de m'asseoir. J'ai même sorti mes cigarettes et j'en ai allumé une. Il s'est remis à couiner, mais sans bouger. La puanteur de la carcasse filtrait à travers mon brouillard alcoolique. L'infection m'a pris au ventre et elle est restée plantée là, comme une intoxication alimentaire.

Cinq minutes se sont écoulées. Fabrizio a fini par vomir par-dessus la balustrade, un jet puissant qui a fait peur au chien. Rocco a ramassé l'écureuil avec les dents et a disparu dans la nuit.

Une fois à l'intérieur, j'ai fait chauffer du café et j'ai piloté mon frère jusqu'à la salle de bains. Il s'est nettoyé en aspergeant d'eau le vomi du sweat-shirt « SC » et en le frottant avec une serviette.

J'étais physiquement épuisé. Trop fatigué pour appeler l'hôpital et entendre de mauvaises nouvelles. La confusion mentale qui me paralysait la tête m'aidait à contrôler la situation. J'ai poussé Fab dans une chambre d'ami et je l'ai assis sur le lit où il s'est écroulé en position fœtale, et aussitôt évanoui.

Dans la cuisine, je me suis versé un bol de café avec quatre doigts de whisky. J'ai appuyé sur la touche Retour du répondeur à côté du téléphone. Si l'état du vieux empirait, il y aurait sûrement un message.

J'étais curieux de savoir ce que disaient les relations de mes parents. J'ai donc écouté tous les messages, espion dans leur vie, à l'affût de ce qui m'avait échappé pendant mon enfance. Comment les autres exprimaientils l'espoir, la peine ? Quelles émotions partageaient-ils ? Pourquoi d'autres gens aimaient-ils ces deux vieillards ?

Une douzaine d'appels s'empilaient sur plusieurs jours, stockés sur le répondeur par ma mère, Judith Joyce Dante. Elle les gardait tous et répondrait à chacun en temps utile. Ainsi était ma mère, elle répondrait dans l'ordre, avec méthode, comme dans tout ce qu'elle faisait.

Il y avait des amis bouleversés en Californie du Nord et dans le Colorado, la sœur de ma mère, son mari, deux cousins italiens qui clamaient leur souffrance, des voisins compatissants et quelques coups de fil de gens du cinéma.

Un message surtout m'a frappé. Phil Asner, un vieil ami de poker de Jonathan Dante, ex-producteur de télé jadis célèbre. Son chagrin, ses sanglots semblaient profondément sincères. J'étais surpris, car je savais que Dante et lui ne s'étaient pas parlé depuis des années. Mon père et sa langue de vipère avaient brisé leur amitié. Dante avait un don diabolique pour découvrir le point faible des gens, il attendait l'instant vulnérable et cognait dessus à la hache.

Quinze ans plus tôt, Asner et le vieux avaient monté un projet, une association scénario/réalisation qui devait être le premier film d'Asner après une brillante carrière à la télé. L'idée avait trouvé des fonds, puis capoté après que le studio avait donné la priorité à un autre film. Ça n'avait pas empêché une grande amitié de se nouer entre les deux hommes. Des années plus tard, Dante a envoyé à son copain le manuscrit d'un roman inédit qu'il imaginait bien à l'écran. Asner, débordé de travail, a commis l'erreur de ne pas le rappeler tout de suite. Au bout d'un mois et demi, Dante a réussi à le joindre. Phil lui a dit qu'il fallait creuser l'idée, mais que dans l'état ça ne faisait pas un film. La réponse de Dante mit fin à leur histoire. « Je vais te dire pourquoi tu as échoué dans le cinéma : tu n'es pas fichu de reconnaître une bonne histoire en dehors du format sitcom. » La contribution personnelle de Phil à l'histoire de la télévision, insista Dante, émargeait juste sous celle du crétin qui avait inventé le rire préenregistré. Depuis ce jour, ils ne s'adressaient plus la parole.

La dernière voix sur le répondeur était celle de ma mère. Dante résistait toujours à la mort, sans machine ni médicament, par volonté pure. Pour les docteurs, la résistance du vieux corps était un mystère. Mon père avait dû noter l'heure de ses derniers feux sur son agenda. Prodige d'orgueil, il dictait ses conditions jusqu'au bout.

J'ai décidé de laisser un message de la part du vieux. J'étais sûr que ma mère ferait plus attention à moi si j'étais une voix sur son répondeur. Bien obligée. Il s'agirait d'un message enregistré avec réponse demandée. Elle noterait mon nom et se comporterait avec moi comme avec tous les autres de la liste « à répondre ».

J'ai appuyé sur Mémo et je me suis lancé. « Bonjour maman, ici Bruno Dante qui voudrait dire quelque chose. Quand ça sera fini pour papa, j'espère que quelqu'un s'occupera de Rocco. Je sais que tu es très occupée, mais je m'inquiète pour le chien. Il est perdu, tout maigre, traumatisé. Il est abandonné et à moitié mort. Je sais que papa voudrait qu'on s'en occupe. D'accord ? Tommy (Fabrizio) est trop pris dans son trip business à la con et Maggie se rend hystérique à courir derrière Benny Roth pour lui lécher le cul. Moi, je crois que le chien devrait être prioritaire. Voilà ce que je pense. Merci, maman. »

J'ai appuyé sur Stop et fini mon café.

La convalescence m'avait redonné des forces. La douche chaude me faisant parfois dormir, j'ai décidé d'en prendre une. J'étais assez lucide pour savoir que si je ne me couchais pas vite, j'allais me soûler encore, je trouverais peut-être du vin, puis il y aurait le trou noir et un couteau à viande dans mon estomac.

Je me suis déshabillé dans la salle de bains, mis sous la douche et j'ai tourné le robinet d'eau chaude à fond. Je me suis savonné en entier et lavé les cheveux, j'ai même essayé de me masturber avec la mousse du savon, mais je débandais et je suis passé à autre chose.

J'ai laissé couler l'eau sur mon corps un moment, adossé contre le mur de la douche pour garder l'équilibre. Quand j'ai senti mon corps se détendre et ma tête se vider, je suis sorti. Reposé et prêt à dormir.

La douche chaude gommait charitablement de mon esprit ces rediffs obsédantes où j'émerge du trou noir avec la verge qui va et vient dans des culs d'hommes, et d'autres images où je me réveille dans mon lit asphyxié par l'odeur de ma propre diarrhée, pris d'un désespoir de bête, jusqu'au prochain verre. Vivre le nez sur ces images terrifiantes me confortait dans l'idée que ma mort ne serait pas un mal. Mais ce soir-là, je surnageais au-dessus de mes abîmes. Je pourrais dormir. Je me suis allongé sur le lit dans la chambre vide jusqu'à ce que le noir me happe.

7

Il faisait encore sombre quand j'ai ouvert les yeux. Le cadran lumineux du réveil digital sur la table de nuit m'apprit que trois heures avaient passé. J'entendis couler l'eau de la douche au rez-de-chaussée. Fabrizio était réveillé lui aussi.

Je me suis habillé à tâtons dans le noir pour ne pas me voir dans la glace. Dans la nuit pure de Malibu, l'éclat de la pleine lune, énorme, irradiante, me surprit par sa force et je suis allé à la fenêtre.

Dehors, j'ai aperçu Rocco. Toujours près de l'escalier de derrière, là où je l'avais laissé des heures plus tôt. Il attendait devant la porte, le cadavre de l'écureuil entre les pattes, les compliments d'un maître qui ne reviendrait plus.

Après avoir pissé, j'ai traversé l'entrée vers la cuisine. La porte du bureau de papa était fermée. J'ai hésité un instant. Personne n'y entrait sans la permission du vieux. J'ai poussé la porte de la pièce obscure, m'attendant à ce que les démons me sautent dessus. Comme rien ne venait, j'ai appuyé sur l'interrupteur et la lueur incandescente de la lampe de bureau est montée à l'assaut des murs.

Rien n'avait changé depuis ma dernière visite, ici, sept ans auparavant, un jour où j'étais venu parler avec le vieux. Meubles anciens, mobilier de bureau, du solide. Chêne sombre et acajou, à pieds épais, sorti tout droit des magasins de meubles d'occasion de Western Avenue.

Sur le mur du fond, au-dessus d'un coffre, on voyait une grande photo encadrée, un portrait ancien et piqué de H.L. Mencken, cheveux sévères séparés par une raie au milieu, col de chemise pesant et amidonné. Le grand iconoclaste fronçait les sourcils.

Les livres importants, les textes sacrés, se trouvaient sur les étagères derrière le bureau. À la différence des autres romans, ceux-là ne bougeaient plus, sinon pour être relus. Les œuvres complètes de Knut Hamsun, de Sherwood Anderson, de Jack London. Dans la maison de Dante, on ne parlait que de grande littérature, d'art, de grands écrivains. Des hommes qui avaient fait leur travail, comme lui-même. Qu'il fallait craindre et fréquenter. Nul autre sujet ne méritait la discussion.

Les autres livres, ceux qui n'avaient pas droit aux étagères, s'empilaient sur le plancher. La plupart étaient de bons écrivains mais Dante ne les avait pas lus. Il était du genre écumeur, impatient et guère impressionnable. Il dévorait un livre entier par blocs de paragraphes, lisait juste la première phrase et sautait le reste.

Sur l'étagère derrière le bureau, j'ai trouvé un exemplaire de *La Faim* de Knut Hamsun. Le livre, disait mon père, qui l'avait poussé à devenir écrivain. Je l'ai pris en main et j'ai feuilleté les vieilles pages. Vers le milieu, je suis tombé sur une feuille de papier à lettres pliée en quatre, qui avait dû servir de marque-page. L'âge avait jauni le bord exposé à l'air.

En dépliant ce marque-page bricolé, j'ai tout de suite reconnu l'écriture de mon père. Mais partout, la signature, c'était Knut Hamsun. Knut Hamsun. Knut Hamsun du haut en bas. Cette bizarrerie me frappa, moi qui avais fait cent fois la même chose et couvert les tables de la loi de signatures de Cummings. Le vieux et moi, on avait quand même des points communs.

J'ai replié la feuille, je l'ai glissée dans ma poche et j'ai rangé le livre. En quittant la pièce, j'ai tourné l'interrupteur et l'obscurité a tout englouti.

Vers huit heures, après plusieurs tasses de café à forte teneur en scotch, je suis allé m'asseoir sur l'escalier de derrière. J'ai pensé à un truc. Dans la lumière du matin, Rocco montait toujours la garde devant son rongeur quand l'idée a pris tournure : le chien avait le droit de venir à l'hôpital faire ses adieux à Dante. Il n'avait eu qu'un seul maître dans sa vie et l'heure était venue. Je m'inquiétais pour Rocco. Son avenir ne s'annonçait pas brillant.

Je me suis dirigé vers le chien, accroupi dans l'herbe avec son écureuil tout raide. Je me suis mis à genoux, j'ai essayé de lui caresser la tête. Pas de réaction. J'ai remarqué qu'il lui manquait des dents, que certaines étaient cassées et qu'il avait une plaque chauve près de la queue, où les petits poils blancs étaient tombés. Mouches bleues et tiques avaient prospéré là, tranquillement, pendant dix ans. Cet animal n'avait plus d'amis et n'avait pas l'air d'en chercher. Il me rappelait son maître.

Je suis rentré dans la cuisine et j'ai dit à Fab qu'il fallait amener Rocco à l'hôpital pour dire adieu à Dante. Il a refusé. Les animaux n'étaient pas admis dans son break ni à l'hôpital. La gueule de bois le mettait de mauvaise humeur. Il m'a débité un nouveau sermon, comme s'il connaissait par cœur les règlements hospitaliers sur les animaux, mais je savais qu'il inventait. Ce discours ne fit que m'ennuyer et fortifier ma résolution.

Quand j'ai suggéré que peut-être la présence de Rocco dans la chambre ferait du bien au vieux, Fabrizio a ricané devant une telle absurdité. Non, pour lui, ça ne changerait rien.

Plus il parlait, moins je supportais ce ton condescendant, sa petite bouche d'expert-comptable autosatisfait. Le dégoût m'envahit, dégoût de cette scène, dégoût de mon frère.

Pour tirer la chasse et en finir, j'ai joué le coup de la folie. Je me suis mis à hurler et à le traiter de yuppie à couilles molles, j'ai crié que les petits trouducs égoïstes dans son genre étaient ceux qui me rendaient suicidaire et m'envoyaient au trou et en désinto. J'ai balancé la tasse à café pleine de whisky sur le mur où elle a explosé. Après quoi, Fab a fait machine arrière et a accepté d'emmener Rocco à l'hôpital avec nous. Mais il a insisté pour qu'on enferme le chien à l'arrière du break.

Faire obéir le chien n'était pas un boulot facile. Rocco n'obéissait à personne à part Dante et il était pour l'heure fort occupé par son écureuil. Il n'avait à ma connaissance ni laisse ni collier, et je n'avais aucune idée de la technique à employer. J'ai appelé, sifflé, tapé des mains, rien à faire. J'ai essayé de le soulever à bras-le-corps, il m'a montré les dents.

J'ai fini par comprendre que le sésame était l'écureuil puant lui-même. Je suis retourné dans la maison chercher des morceaux de cheddar, histoire de le distraire pendant que j'attraperais la bête par la queue.

Stratégie gagnante. Une fois la carcasse entre mes mains, il m'a suivi autour de la pelouse et dans l'allée jusqu'au parking. Là, en agitant le cadavre à trente centimètres de son nez, je l'ai attiré devant la porte arrière du break de Fab et il a sauté dedans d'un bond. Pour la suite des opérations, j'ai fourré une pinte de Jack Daniels et des morceaux de fromage dans un sac plastique glissé sous le siège avant.

J'ai claqué la porte arrière et baissé la vitre à fond. Je me suis assis sur le siège du passager et j'ai klaxonné pour appeler Fab. J'ai vérifié que l'éclairage intérieur soit éteint, pour que mon ombrageux frère ne puisse voir la charogne dans la gueule de Rocco.

Quand Fab est arrivé, il avait trop mal aux cheveux et le cerveau englué dans ses calculs de temps de trajet pour remarquer quoi que ce soit. Même sa mauvaise humeur n'avait pas priorité. L'important, c'était la moyenne.

Tout en faisant marche arrière pour sortir du parking, Fab remit le compteur à zéro et régla le chronomètre sur « secondes ». Il lança un coup d'œil vers Rocco et grommela, mais resta concentré sur sa mission.

Mon frère pressa le bouton « go » de sa montre G-Shock et démarra simultanément. Pendant le décollage, je jetai un œil sur Rocco dans le compartiment bagages, mais je ne vis pas l'écureuil, juste le sommet de son crâne.

Un retour de courant d'air m'apporta l'odeur de la chair en décomposition. Pour la contrer et bien qu'il fasse frisquet, j'ai baissé la vitre passager. Fab, qui avait besoin d'air frais pour sa cuite, a baissé la vitre de son côté.

Je lui ai proposé un verre ou une cigarette mais il a refusé. Foncer vers l'hôpital réclamait toute son attention.

On a bien roulé dans les rues de Point Dume et jusqu'à l'entrée de la Coast Highway. Là, soudain, Fab s'est pincé le nez. « Bruno, dit-il, qu'est-ce qui pue comme ça ? Le chien s'est roulé sur une charogne ? »

J'ai tenté une diversion. « Laisse tomber. Qui le nourrit depuis que le vieux n'est plus là ? Toi ?

— Je ne sais pas, dit-il. Maman peut-être. Pas moi.

— Alors qu'est-ce que ça peut te faire, s'il pue ? Ce n'est pas ton chien.

— Il est dégoûtant. Je vais dire à maman ce que je pense, pour Rocco. Tu sais qu'elle m'a demandé de l'aider pour les trucs pratiques.

— Tu me vois rassuré. Tu veux boire un coup ?

— Non.

— Tu aimes les chiens ?

— Non.

— Alors va te faire voir », dis-je.

En sept minutes et des poussières par la Coast Highway, nous étions à Cross Creek Road. Concentré sur sa moyenne, Fabrizio ne pouvait pas se mettre en colère. Une minute trente d'avance sur son meilleur temps. Il fêta ça en lançant la grosse Ford V8 sur un feu orange et cria « Oui ! » en grillant le rouge.

J'ai réclamé un arrêt pour pisser. J'ai vu ses phalanges blanchir et il a grogné d'un air mauvais, l'œil sur le chronomètre. « Tu ne peux pas attendre, bon Dieu ? Tu me fais le coup à chaque fois !

— Excuse, dis-je, ça n'a rien de personnel. Gare-toi juste n'importe où que je puisse pisser derrière la voiture. »

Sa haine redoubla.

Cinq cents mètres plus loin, sur la gauche après la jetée de Malibu, il y avait un Chicken Fried Colonel Sanders. Fabrizio ralentit pour se garer et cliqua le chrono en position « pause ». Il prit à gauche dans le parking, nous enfila sur une place et déclara : « Vous avez soixante secondes, m'sieur. »

J'étais déjà à moitié sorti quand mon cerveau a réalisé que je laissais mon frère seul avec le chien et la charogne. À l'arrêt, sans courant d'air, l'odeur allait empirer. Je la sentais déjà. Inversant la séquence, j'ai replié la jambe et fermé la porte.

« Allons-y, dis-je.

— Où ? dit Fab.

— Ailleurs. » J'ai contrefait une voix pressée, inquiète. « Je ne peux pas pisser ici.

— Quoi encore, Bruno ?

— C'est politique. Je sens que je vais craquer.

— Quel rapport entre pisser et la politique ?

— Le Colonel Sanders.

— Quoi, le Colonel Sanders ? Depuis quand t'intéresses-tu au Colonel Sanders ?

— C'est un Irakien. C'est pour ça qu'on ne le voit plus dans les pubs à la télé. Pas question d'aller dans les toilettes d'une boîte qui soutient une dictature coupable de génocide. Nos gars sont morts là-bas, des jeunes Américains.

— N'importe quoi, Bruno. Il y a vingt ans que Sanders est mort.

— C'est ce qu'on veut nous faire avaler. À la clinique, on m'a montré des photocopies de documents qui prouvent le contraire. Sanders se planque et on a trouvé une connexion avec Lee Harvey Oswald. L'homme que nous appelons Colonel Sanders s'est servi de sa fortune pour subventionner les recherches qui ont donné le missile SCUD.

— Ça va, Bruno, arrête tes conneries !

— Je suis fier de mes ancêtres et des soldats qui défendent le pays, un point c'est tout. Il est hors de question que je pisse ici. J'attendrai. J'attendrai jusqu'à l'hôpital. »

Fab n'avait plus de temps à perdre à discuter. Il bascula le levier de vitesse sur R et recula en crissant. Il cliqua le chrono en position « on », poussa le levier sur D, laissa de la gomme sur la Coast Highway et la Country se retrouva dans le flot qui fonçait vers le Sud.

La puissance de l'accélération avait déséquilibré Rocco et il rebondit sur la porte du coffre avec un bruit sourd. J'ai décollé de mon siège et j'ai tourné la tête. Le chien avait réussi à garder les dents serrées sur le cadavre tandis que la voiture s'arrachait. À nouveau, le bon air pur de Malibu dispersait l'infection.

À la sortie de l'autoroute de Santa Monica, dans la Cienaga, on était en avance sur les temps. Mais Fabrizio voulait assurer. Il doubla sur la droite et se remit sur la file « Tournez à gauche » pour sauter le peloton au feu suivant. Au vert, il enfonça l'accélérateur et se faufila sur la gauche d'une voiture à l'arrêt pour couper les conducteurs qui avaient priorité. « Oui ! »

On a perdu du temps aux deux feux suivants, pas synchronisés, mais Fab n'avait pas l'air inquiet. Il connaissait assez la route pour anticiper les retards et en tenir compte.

Ce superbe parcours faisait remonter mon frère dans sa propre estime. Enfoncé le record. Chaque bloc passé le remplissait d'énergie et de confiance. Il était si concentré qu'il en oubliait l'odeur qui se répandait depuis l'arrière de son break.

L'épreuve de vérité nous attendait au carrefour de La Cienega et de Beverly Boulevard. Pour une raison quelconque, sept voitures faisaient la queue sur la file de gauche, contrôlée par un signal en forme de flèche.

Fabrizio s'énervait. Quand enfin la flèche verte a clignoté pour nous, une voiture est passée, une seule puis la flèche est repassée au jaune et au rouge aussitôt. Feu désynchronisé, à la masse, et nous, on était coincés en queue de file.

Pour aggraver la situation, il s'agissait d'un carrefour à six branches. Fab s'est mis à se tortiller, à regarder sa G-Shock toutes les dix secondes pour voir les chiffres qui grignotaient le record. Il martelait le volant avec les paumes et râlait avec force, m'expliquant que nous allions devoir attendre six fois le cycle de quatre-vingt-dix secondes avant de passer. Il ne restait que deux minutes, et un bloc et demi à parcourir, pour battre le record.

Sur les lèvres de Fab se dessinèrent les chiffres d'un compte à rebours. Quatre-vingt-huit, quatre-vingt-sept, quatre-vingt-six. Devant nous, il y avait une Jaguar décapotable et, derrière, un minibus jaune. Alors, incapable de se maîtriser, il se mit à klaxonner, signifiant par des gestes sauvages à la dame derrière, au volant du minibus, qu'elle devait reculer.

Il fallut à la dame plusieurs secondes pour comprendre et reculer de deux mètres. Fab embraya sur R et dérapa en arrière. Il y eut un contact musclé avec le pare-chocs du minibus puis, profitant de l'ouverture, Fab remit sauvagement le break sur D, déboîta sur la droite et zigzagua entre les voitures jusqu'à la file d'extrême droite qui était vide. Je connaissais la suite. Le coup favori des taxis de New York, ils passent leur temps à ça. Le feu passa au vert, Fab se planta au milieu du carrefour et attendit que le flot se déverse, puis le feu orange arrêta les voitures et Fabrizio prit le virage à gauche interdit à la file de droite... « Oui ! » cria-t-il en enfonçant l'accélérateur.

J'ai entendu Rocco grogner. La force centrifuge les avait lancés à travers le coffre, son écureuil et lui, sur la saillie de la roue.

On a pris Beverly Boulevard sur les chapeaux de roues. Il restait quarante-cinq secondes, les chiffres muets s'égrenaient sur les lèvres de Fab. Il y croyait toujours, le petit frère.

Il restait trente secondes quand nous avons enfilé le couloir des tickets à l'entrée du parking du Cedars. Pour retomber dans un piège. Devant nous, il y avait une Cadillac 1970 verte avec un gros pépé au volant. Qui s'était arrêté trop loin du distributeur pour atteindre le ticket.

Je vis les mâchoires de Fab se contracter de haine à la vue du petit bras qui s'agitait en vain par la vitre ouverte, tendu vers la machine. Pour finir, le vieux a ouvert la portière, sans se presser, et il s'est penché pour saisir le carré de carton rose.

Sept. Six. Cinq. Les mains de Fabrizio s'abattirent sur le klaxon et s'y collèrent. Le plafond bas du parking amplifia le bruit du klaxon.

Un jour, à New York, au bar Saint-Adrian, une serveuse du Kentucky m'avait contre quelques verres imité le long mugissement du bœuf qu'on assomme à coups de marteau. Le klaxon de Fab dans le parking faisait le même bruit.

Le vieux dans la Cadillac sursauta puis, ayant repris ses esprits, démarra vers le garage.

« Presque, grogna mon frère en extrayant le ticket de la machine. Merde !

— Allez Fab, j'ai murmuré, on se le FAIT. On est à moitié italiens, non ? On fonce. J'ai repéré ton canif dans la boîte à gants. Je te couvre. On suit ce vieux débris et on l'égorge. Rocco lèchera le sang sur le cuir. Dire qu'il vient ici sucer l'argent de la Sécu, c'est un service qu'on rend à l'État. Je te parie que sa putain de vieille est là aussi, ça a quatre-vingt-dix balais et ça claque nos impôts sur un lit douillet.

— La ferme, Bruno, ce n'est qu'un jeu.

— Ouais. T'as raison. »

Pas question pour Fab d'entrer dans l'hôpital avec le chien, j'ai dû accepter de revenir le chercher plus tard. En attendant, je le laissai dans le noir, dans le coffre à bagages, jouer avec sa charogne.

8

Maman était une Californienne de la troisième génération, issue d'une famille de la Ruée vers l'Or. Ses ancêtres anglais avaient débarqué en Amérique en 1635. Établis à Rumney, dans le New Hampshire, c'étaient des armateurs et des capitaines au long cours. Maman était sortie de Stanford avec diplôme et mention trois mois avant son seizième anniversaire. Elle avait soixante-six ans maintenant, lisait encore cinq livres par semaine, et tous les jours, au téléphone, parlait en allemand classique avec sa meilleure amie. Dans les livres, elle avait appris l'italien et le français. Certains de ses poèmes avaient été publiés à San Francisco avant qu'elle ait l'âge de boire de l'alcool. Sur la route, elle avait croisé la passion de la dentelle.

Enfant, je croyais que maman savait tout. Plus tard j'ai compris qu'elle savait surtout éviter la bagarre avec le volcanique Jonathan Dante.

Quand je suis entré avec Fab dans la salle d'attente, elle était toujours sur le canapé, là où nous l'avions laissée dix heures avant. Agnès et Maggie, ma sœur, étaient assises à ses côtés.

Elle avait travaillé sur l'un de ces canevas à motif de cottage anglais que j'avais longtemps cru être le seul modèle existant de broderie. À Point Dume, toutes les pièces sauf la cuisine étaient pleines de coussins brodés avec des cottages anglais.

« J'ai amené Rocco voir le vieux, dis-je en m'asseyant avec Fab sur une banquette en face de Maggie et d'Aggie. Ça l'aidera peut-être à se réveiller, s'il sent le chien dans la chambre à côté de lui.

— Ce n'est pas une bonne idée, Bruno.

— ... Comment va-t-il ?

— Il s'affaiblit. On reste là, on attend. Tu es soûl ?

— Non.

— Mais tu as bu, hein ?

— Je bois, maman. Tu sais bien que je bois.

— Les vigiles ont emmené l'homo et son ami. C'étaient des drogués, tu sais.

— Je sais.

— Où as-tu mis le chien ?

— Dans la voiture.

— Laisse-le là-bas, Bruno. Je n'ai pas envie que tu crées encore des problèmes. Tu es un instable. Agnès m'a dit que tes problèmes étaient pires que jamais. Tu es retourné en cure et tu viens à peine d'en sortir.

— Agnès n'a pas le droit de bavasser sur ma putain de vie sans ma putain de permission. Surtout avec mon père en train de mourir dans une putain de chambre au bout du couloir.

— Elle dit qu'on t'a diagnostiqué comme maniaco-dépressif chronique. Tu es un alcoolique aigu, un suicidaire. C'est vrai que tu t'es encore donné un coup de couteau dans le ventre ?

— Pendant un trou noir.

— Arrête, veux-tu, au nom du Christ ! Ton père a bien arrêté, lui.

— Je réduis les doses. On peut changer de sujet ?

— Agnès veut divorcer et je ne peux pas lui en vouloir. Tu n'as rien d'un fou, Bruno. Pour ton père, pour moi, essaie de te reprendre avant de finir avec le sida, ou dans le coma, en prison ou ailleurs.

— Y a-t-il un règlement qui interdit les chiens dans cet hôpital ?

— Évidemment. C'est un hôpital. Bois une tasse de café, mon chéri. Ça te lavera la tête. »

Devant la porte fermée de sa chambre, la peur me paralysa. La pensée qu'il était déjà mort me submergea. Panique, je me mis à trembler et à suer.

J'ai fait demi-tour et repris le couloir dans l'autre sens, titubant, la tête en feu, aussi vite que j'en étais capable, direction le garage, son obscurité fraîche et rassurante.

Après d'innombrables détours dans les corridors, j'ai débouché sur les doubles portes vitrées et de là dans le parking, soufflant comme un phoque dans l'air frais et les gaz d'échappement. La fraîcheur m'a aidé à me calmer. Puis j'ai trouvé un coin tranquille entre deux voitures, je suis tombé à genoux et j'ai presque vidé le flacon de Jack que j'avais dans la poche de mon manteau. De nouveau, j'ai respiré à fond. Inspirer, souffler.

Quelques minutes plus tard, les coups de marteau dans ma tête se sont espacés et j'ai pu allumer une cigarette. J'ai laissé passer un moment, guettant le déclic du whisky. J'ai allumé une deuxième cigarette, je l'ai fumée. Pas de « déclic » mais la douleur, peu à peu, s'émoussait.

J'ai fini la bouteille et je l'ai poussée sous la Mercedes vert sombre sur laquelle je m'appuyais. Les tremblements avaient cessé, je tenais debout. Je suis parti à la recherche de la Country, où m'attendaient le chien et la bouteille de secours.

J'ai vite retrouvé la voiture, j'avais juste oublié que les portes seraient verrouillées. Pas question de remonter en salle d'attente. Assis sur le pare-chocs arrière, j'ai essayé de réfléchir. L'idée m'est venue que cet anal de Fabrizio devait avoir une clé cachée sous la carrosserie.

Bien vu. En palpant deux minutes sous le pare-chocs, mes doigts ont ratissé une petite boîte métallique aimantée avec le double de la clé à l'intérieur.

En ouvrant la portière passager, j'ai jeté un coup d'œil par la vitre arrière et j'ai vu Rocco. Il dormait, le magma de chair et d'os entre les pattes.

La lumière du plafonnier le réveilla. Rocco se hissa au niveau de la banquette et je pus voir sa gueule de requin d'où pendait l'écureuil. L'odeur captive de la carcasse en décomposition me frappa de plein fouet.

Je suffoquais. Impossible d'entrer là-dedans. J'ai ouvert grandes les portes, aspiré une réserve d'air puis grimpé sur le siège, démarré, allumé le ventilateur de l'air conditionné et sauté dehors pour reprendre un bol d'air.

La pestilence dissipée, je pouvais m'asseoir. J'ai tiré la bouteille de secours de sous le siège et bu à longs traits, guettant le ralentissement des pulsations dans mon cerveau. Mon pire ennemi, c'était mes pensées. Et la migraine.

J'avais besoin d'un moment rien qu'à moi, besoin de m'évader. Prendre la voiture de Fab, trouver une chambre d'hôtel et rester seul. Une rapide exploration de mes poches m'apprit qu'il me restait assez d'argent pour tenir plusieurs jours. J'irais traîner dans un cinéma porno et une bouche inconnue me sucerait dans l'obscurité. J'attendrais que Dante soit mort et enterré et je retournerais à New York. Ou ailleurs. J'attendrais de remonter à la surface. Ne rien penser. Ne rien sentir. Anonyme.

L'alcool m'avait détendu et permis de construire ce plan tout simple. D'abord, introduire Rocco dans l'hôpital et le laisser au chevet du vieux. Il n'y avait pas de mal à ça. Benny Roth et Fabrizio se débrouilleraient très bien avec le chien.

La tempête une fois calmée sous mon crâne, je suis passé à l'action. Pas de problème pour faire sortir Rocco de la voiture. Comme la première fois, il grogna et prit l'air mauvais, mais les bouts de fromage ont distrait son attention de l'écureuil et j'ai pu attraper la charogne par la queue.

La dépouille récupérée, je l'ai emballée dans le sac en plastique du supermarché après l'avoir arrosée de whisky pour neutraliser la puanteur. Le résultat était potable, le paquet présentable. Rocco m'a suivi gentiment à travers le parking jusqu'à l'entrée du garage, le museau collé sur le sac.

Passé les portes vitrées, on s'est arrêté devant la première enfilade de couloirs. Je savais qu'avec Rocco, j'enfreignais le règlement d'hygiène, que je faisais chier, mais j'avais assez de Jack Daniels dans le ventre pour m'en taper.

La voie libre, on s'est risqués dans le couloir. J'ai saisi le sac à deux mains et je l'ai tenu sur mes fesses pour fixer Rocco juste derrière moi, la tête levée vers l'inaccessible carcasse. À mi-parcours, dans le second couloir, une employée de nuit, une Philippine au visage dur et fatigué qui sortait un chariot d'une chambre, nous repéra. Elle s'arrêta pour réfléchir à la situation. Le regard qu'elle me lança exigeait un contre-regard intraitable. Par chance, elle fit retraite et je pus continuer avec le chien jusqu'au bout du couloir.

Arrivé sans autre incident à hauteur de la salle d'attente, je m'arrêtai pour jeter un coup d'œil par la vitre. Le docteur Macklin était assis à côté de maman. Discussion privée, me sembla-t-il. Le reste de la famille attendait sur les banquettes. Personne ne m'avait vu. J'avais beau être imbibé, je savais que si on me repérait, mon plan d'évasion tombait à l'eau. Suivi de Rocco, j'ai poussé jusqu'à la porte 334, la chambre de Jonathan Dante.

Le chien me donnait le courage, cette fois, de ne pas rebrousser chemin. Je m'approchai de la porte et j'attendis. Finalement, en pleine crise de tremblante, je me jetai dans la chambre.

Face au lit, j'observai la bouche haletante qui continuait à pomper l'air dans le corps dégonflé. Mon père semblait se dissoudre sous mes yeux, le souffle de plus en plus creux, de plus en plus rare, c'était macabre.

Je n'avais pas l'intention de rester. L'idée était de laisser le chien, de refermer la porte et de ne jamais revenir. Mais c'était aussi ma dernière chance. Alors, je me suis assis près du lit, sur une chaise, et j'ai pris sa main froide dans la mienne.

Bizarrement, il parut me rendre ma poignée de main et sa force me surprit. Une partie de moi redoutait la perte du père, l'autre était torturée par ses souffrances. J'ai fermé les yeux et je me suis mis à parler, assez fort pour que Dieu, ou un ange, m'entende s'il était dans la pièce. « Papa, dis-je, c'est moi, Bruno. Je suis là... Laisse-toi aller, bon Dieu, tu n'en as pas plein le dos ? »

Dans les abysses de son esprit, les mots durent lui parvenir car sa respiration s'arrêta. La pression sur ma main persista quelques secondes, mais je savais que c'était fini. Incapable de soutenir la vision, j'ai fermé les yeux.

Un long silence, puis j'ai rouvert les yeux et j'ai vu ce que je redoutais, le visage virer au blanc. Translucide. Le sang évacuait sa poitrine. Et soudain, au pied du lit, il y eut Rocco. Le chien savait. J'en étais sûr. Pour la première fois, il se désintéressa de l'écureuil et roula ses yeux noirs du visage sans vie de mon père jusqu'au mien, comme si nous détenions une réponse.

J'ai lâché la main et reposé le vieux bras fripé sur la couverture. « Rocco, dis-je, il est mort. Papa est mort. »

Le bull-terrier avait pris une posture de marine, attentif et raide, suspendu à mes lèvres, un marine blanc et sale.

Il allait être impossible de le laisser seul avec le cadavre de son maître. Pas le courage, pas tout de suite. Dans l'imminente agitation, personne ne s'occuperait de lui. Il était seul lui aussi, comme mon père. Il faudrait que je le prenne avec moi.

Dans la salle de bains, j'ai trouvé une serviette blanche pour envelopper le rongeur mort et attirer le chien dehors jusqu'à la voiture dans le parking.

J'ai déplié la serviette, les mains secouées à nouveau par un besoin désespéré d'alcool. J'ai posé le petit cadavre puant sur un coin et je me suis mis à rouler, comme un marchand roule un sandwich dans un papier.

J'étais prêt à partir avec Rocco et l'écureuil emballé comme appât, quand une idée perverse m'a traversé la tête. Au fond de la chambre, je venais de reconnaître le sac de ma femme au milieu d'un tas de sacs. Je me souvins qu'elle gardait dans un portefeuille plusieurs cartes de crédit qui portaient toujours, en lettres capitales, M. et Mme Bruno Dante. Notre mariage était à l'eau, certes. Ça m'aida à me convaincre que l'usage d'une carte de crédit volée dans ce sac serait ma dernière exigence de mari. Mon raisonnement était simple : « Qu'elle aille se faire mettre ! »

J'ai ouvert le sac et fouillé le portefeuille, les étuis plastique où elle rangeait les cartes, jusqu'à tomber sur une VISA dorée flambant neuve que j'ai glissée dans la pochette de ma veste.

En rangeant le portefeuille dans le sac, il m'est venu une autre idée. Lui laisser quelque chose en échange, un souvenir. Alors, dans le sac, j'ai laissé tomber le torchon avec l'écureuil. Entre l'index et le pouce, j'ai tiré sur un coin, le torchon s'est déroulé et le petit corps parfumé est resté dans le sac. Elle et son copain, le prof de gym, pourraient toujours s'en servir comme godemichet.

Ramener Rocco à la voiture sans l'écureuil ne fut pas trop difficile. J'avais tiré un trait sur sa coopération. Je l'ai porté.

À mi-chemin du garage, il pesait des tonnes. Avec un drap propre pris sur un chariot à linge, j'ai fabriqué une sorte de harnais. Et que je te tire, et que je te remorque.

C'était la première fois que je volais mon frère. Dans mon idée, aussitôt le chien et moi casés dans une chambre en ville, j'appellerais Fabrizio pour lui dire où récupérer la voiture.

9

À L.A. en décembre, le climat est particulièrement instable. Les nuits soufflent du désert les vents secs de Santa Ana. Depuis quelques années, le jour de Noël, il y a des gens qui roulent jusqu'aux canyons et ils allument des feux. Ils rêvent d'incendier la ville et de voir au journal du soir la catastrophe qu'ils ont déclenchée.

À la sortie du parking, des nuées de poussière noire plaquaient sur le pare-brise des branches et des lambeaux de sacs en papier. J'ai gagné Santa Monica Boulevard et pris vers l'ouest à la recherche d'une boutique d'alcools ouverte. Je voulais juste m'engourdir et l'achat de deux bouteilles de Mad-Dog 20-20 Mogen David me garantissait le résultat. Sur le siège passager, Rocco somnolait.

Après la boutique et sur des kilomètres, j'ai dérivé au long de petites rues désertes et de sombres avenues, la tête ballottée de pulsions en conclusions. Plus j'ingurgitais de Mad Dog, plus mes pensées tendaient vers la raison. Solitude, ronron des pneus, je n'aspirais à rien d'autre.

À la fin de la première bouteille, ça allait beaucoup mieux. De quoi tenir jusqu'au crépuscule.

À Ocean Avenue, devant la plage, j'ai pris à gauche dans Venice Boulevard, puis encore à gauche pour revenir vers le centre. Un monde silencieux dérivait derrière les vitres closes. À intervalles, de lourdes bouffées d'air chaud bousculaient la voiture, comme d'énormes balles de coton surgies de la nuit.

À Sepulveda, j'ai repris vers le nord, vers les montagnes, j'ai traversé Pico et senti sous les pneus les vestiges des rails luisants où circulaient jadis les vieux trams. Les rails émergeaient par tronçons de l'asphalte éventré. Le clair de lune baignait le métal nu sur quelques mètres, puis les rails replongeaient sous le revêtement, dos d'anguilles piquant sous la surface.

Je roulais toujours, quinze kilomètres, puis vingt, cette fois par Olympic Boulevard et retour, Nickel Street, Hôtel de Ville et Chinatown.

Une supérette de boissons faisait le coin de Venice et La Cienaga. Rocco, réveillé, s'agitait. Il devait avoir faim. Je me suis garé sur le parking.

Au comptoir, l'employé, un jeune Mexicain, me regarda entrer. Il me colla j'imagine dans la catégorie branleurs et clodos, car il me répondit avec arrogance quand je lui demandai le rayon boîtes pour chiens. Il grogna en mauvais américain et montra une allée du doigt. Je n'avais pas fait trois pas quand j'aperçus, à moitié dissimulée par le comptoir, une femme. Assise sur un tabouret. La sienne.

Elle était asiatique et plus vieille que le jeunot. Vietnamienne, ou Cambodgienne. Très excitante. Rouge à lèvres rouge vif, longs cheveux noirs, corsage noir transparent et brodé. Elle leva furtivement la tête de son magazine et je distinguai son visage. Une seconde, nos regards s'accrochèrent. Beaux yeux durs, des yeux qui disaient oui. Les miens, je le savais, étaient vides. Puis, comme j'insistais trop, elle détourna la tête. J'insiste toujours trop.

Dans l'allée des conserves, je raflai quelques boîtes bas de gamme et j'allais retourner au comptoir quand je me suis rappelé la carte de crédit d'Agnès dans la poche de mon pantalon. Ce fut une révélation : je pouvais me payer tout ce qui me plaisait. Je n'avais rien de commun avec ces losers qui tiraient la langue sur le boulevard.

J'ai reposé les boîtes bas de gamme et je suis revenu à la caisse prendre un panier en plastique. Le type gardait les yeux rivés sur mes gestes. Il a bien remarqué que quelque chose avait changé quand je me suis mis à rafler, au hasard, paquets de chips et feuilletés au fromage et à les jeter dans le panier.

J'ai embarqué une quantité d'excellentes boîtes pour chien, plusieurs paquets de Freetos et un ouvre-boîte — pas une de ces cochonneries en métal qui coupe les doigts, mais le modèle avec poignées en plastique à 9,98 dollars. Et en avant ! Salami italien, dix sortes de plats congelés, crackers et mayonnaise, sauce salade et une douzaine d'assiettes anglaises sous plastique.

J'étais maintenant en proie à la fièvre de la consommation. Transfiguré par la chance et le Mad Dog 20-20, je suis revenu au comptoir poser mon panier et en reprendre deux vides, en empilant mes achats près de la caisse.

La concentration du petit épicier malveillant était à son comble, mais j'évitais soigneusement de croiser son regard.

Je le sentais sur moi en avançant dans le rayon électroménager, tandis que je chargeais des boîtes d'ampoules, de câbles de téléphone et de flashes cellophanés. Dès que je changeais d'allée, il se déplaçait lui aussi à l'affût le long de son comptoir. Ça ne m'aidait pas à me concentrer. Pour contre-attaquer, j'ai décidé de tout acheter dans l'allée ou j'étais, l'allée des cookies.

Oreos et Malomars tombèrent dans le panier, suivis par des kilos de chips chocolat. Sacs, paquets, beurre de cacahuètes, porridge et même vingt boîtes de macarons au coco que je ne mangerais jamais. Mais j'avais une mission.

L'Asiatique regardait. Ses yeux allaient de moi à son petit ami et au tas qui montait sur le comptoir. Ce déballage l'intriguait. Le type m'a vu lui sourire, ça l'a achevé. « Okay, man, aboya-t-il, t'as l'argent pour payer ? »

Je le tenais et je le savais. Je n'étais pas pressé. Un citoyen américain en possession d'une Visa Gold avec plafond de cinq mille dollars n'a pas à se dépêcher. J'ai baissé les yeux au pied du comptoir, histoire de vérifier que j'intéressais toujours l'Asiatique, puis j'ai lancé un grand sourire au type. « Dans ma poche, amigo ! répliquai-je.

— Montre, ricana-t-il.

— Quand j'aurai fini, señor, vous serez le premier à voir. Vous n'avez rien à craindre concernant la facture. Pesos américains contre produits américains. Está bien, amigo ? »

Je n'ai pas attendu sa réponse. J'ai pivoté et filé en ligne droite au rayon cookies, étourdi par le vin cheptélisé et drogué à mon propre baratin.

J'ai fait le vide sur deux étagères de Ring Dings, Twinkies et petits-fours. Chaque paquet pesait quinze ou vingt kilos minimum et j'ai dû les traîner jusqu'au comptoir.

Quand j'ai commencé à décharger, il m'a empoigné par le bras. « Toi, garde ça, man, dit-il. Fini. » Et toujours d'un sale œil.

Je me suis dégagé et je lui ai rendu son regard. J'étais plus grand que lui. Lâche, mais plus grand.

« Toi remets tout, man, dit-il. Toi fou. Toi pas besoin de ces conneries. Toi trop soûl pour payer. Fais pas problème dans la boutique, sinon fous l'camp. »

La Visa de ma femme sortit facile de ma poche et glissa sur le comptoir jusqu'au type, comme un sept dans une partie de craps. Je me suis penché sur lui et je lui ai crié au nez. « Allez, champion, téléphone. Vérifie ! Et me touche pas, merde ! Pour toi, je suis Donald Trump, bordel ! »

Le jeunot hésita entre cogner ou prendre mon bout de plastique. Finalement, à contrecœur, il ramassa la carte, se racla la gorge, puis il appela le numéro Visa pour vérifier que la carte n'était pas volée. Pour faire bonne mesure, il répéta l'opération. Avant de se lancer dans l'addition, il réclama encore mon permis de conduire. Je lui tendis le permis avec un large sourire. Je n'avais rien à cacher.

L'addition prit vingt minutes. Je vis le ruban de la caisse enregistreuse s'allonger jusqu'à toucher le sol. Alors sa petite amie, l'Asiatique sexy, replongea le nez dans son magazine.

Je me revois prendre alors une décision stupide et assez gonflée, une de celles qui finissent toujours mal. Après que le type eut bouclé l'addition, je lui ai dit de rajouter deux bouteilles de Mad Dog 20-20. Picoler, pour moi, c'est le début des ennuis.

L'addition s'élevait à 619 dollars tout compris. Il y avait sept cartons à porter dans la voiture. J'ai signé le reçu « E.E. Cummings », avec fioritures et grosses boucles. Le petit mec n'a pas tiqué.

En démarrant, j'ai lancé un long et dernier regard à la fille par la vitre. Elle était toujours sur son tabouret au bout du comptoir. À lire son magazine. Je savais qu'elle savait que je la regardais, mais qu'elle ne lèverait pas la tête pour autant. Une vraie statue de glace.

Je lui ai porté un toast en dévissant le bouchon du Mogen David, la bouteille brandie, et j'en ai ingurgité une lampée. Je m'en moquais pas mal, de son mépris. Mad Dog dégage la route.

J'avais oublié que la tournée de Dog dans lequel je m'embarquais était la première depuis ma sortie d'hôpital. Pour moi, chevaucher le Mogen David, c'est comme sauter un gorille femelle de trois cents kilos. Ce n'est pas vous qui tenez les commandes. C'est le gorille qui dit quand c'est fini. Pareil avec le vin.

Voyant Rocco lécher le bouchon, j'ai vidé un carton de Milkbone sur le bitume du parking, j'ai déchiré le carton et fabriqué un bol avec. J'ai versé au chien la hauteur d'un doigt de vin et il a tout léché.

Cap à l'est sur Venice Boulevard dans la tiédeur de la nuit, je sirotais, je regardais des vues de L.A. défiler de l'autre côté du pare-brise. Dans Western Avenue, j'ai pris vers le nord et sur Wilshire au-delà du Wiltern Theatre. Je croyais que je conduisais en roue libre, au hasard, mais en voyant le Wiltern je me suis rappelé que j'étais à trois blocs de la première maison des Dante à L.A., en face d'Hancock Park sur Van Ness. La première maison que le vieux s'était payée avec ses chèques d'Hollywood, l'argent du cinéma, le salaire du sang. J'ai retrouvé la maison et je me suis garé.

De revoir l'endroit là, dans le noir, a libéré un torrent de pensées venues d'une autre vie. Trente ans avant, ou plus, j'avais vécu ici.

Le vieux avait acheté la villa parce que Harry Goldstone, son agent, avait dit que c'était une bonne adresse pour un scénariste à succès. En plus, c'était à côté de la Paramount et Harry lui avait obtenu un prix.

Dante avait payé avec ses gains du cinéma. Le vieux avait fini par accepter les contrats lucratifs et renoncer au roman. Après des années passées à écrire de la fiction et à crever de faim, il n'avait pas eu de mal à choisir.

J'étais encore enfant quand ensuite nous avons emménagé à Malibu, mais le souvenir de la première maison et des colères de mon père restait vif. C'est ici qu'il avait passé des jours et des jours à réécrire des piles de scripts et à remanier des scènes en cours de tournage. Ici qu'il avait commencé à gagner beaucoup d'argent. Le succès et la rage poissaient encore les murs.

C'est dans cette maison que je devais apprendre ce qui guette un vrai artiste qui renonce à sa passion et finit par se haïr lui-même. Ici j'avais assisté aux soûleries de mon père, je l'avais vu accabler famille et amis de mépris et d'aigreur, tandis qu'il regardait gonfler ses chèques.

Et aujourd'hui, trente ans plus tard, veille de Noël, j'étais assis dans ce break, à contempler cette maison et à imaginer Joe Dante, les nuits d'été, arpentant le balcon de la chambre de maître, le verre de scotch posé sur la balustrade, ses durs poings de laboureur levés contre le ciel pour maudir Dieu et lui-même d'avoir noyé son talent dans un chèque d'Hollywood.

10

J'ai décidé de reprendre la route. Une virée dans L.A. J'avais tapé dans le Mad Dog, gravement, de longues gorgées à chaque feu rouge. Traversée d'Hancock Park, Mid-Wilshire, puis demi-tour vers Hollywood Ouest. Au carrefour de La Brea, j'ai remis le cap au nord. Plan zéro-plan. Juste flotter et boire.

Plus ça va plus
la conscience
se cache
sous le vin...
jusqu'à
l'oubli de tout sauf
du temps
qui clignote.
Débris
fragments
de conscience grise.
Puis...
t-r-è-s-v-i-t-e
il
fit
tout à fait
noir.

J'étais arrêté au rouge au coin de Santa Monica Boulevard quand je les ai vus. Les putes. Des garçons. Du fond de mon abîme, j'avais envie de les baiser, tous, de tous les sucer comme un malade.

Le petit blond, dix-huit ans environ, débardeur rouge et jean coupé, debout contre une cabine téléphonique, me fit signe de la main. Voyant que je le regardais, il posa la main sur sa grappe et me décocha un sourire.

J'aurais voulu serrer la voiture contre le trottoir, lui parler, mais ma jambe ne recevait pas les commandes envoyées par la tête. Cerveau bloqué sur ralenti. Je me doutais que le pied finirait par passer du frein à l'accélérateur, mais au prix d'une puissante concentration. Le feu est passé au vert et un klaxon a corné rageusement dans mon dos.

Tandis que je révisais la procédure qui actionnerait l'accélérateur, j'ai vu qu'un jeune Noir se tenait à la porte du passager. « Deux blocs, mec, disait-il en agitant deux doigts, l'œil en coin. Tu me déposes dans deux blocs à Fountain, d'ac ?

— D'ac, ouais, monte », dis-je en hochant la tête. Mon pied se remit au travail et revint sur la pédale de droite. Le petit Noir monta mais l'enfoiré continuait de me klaxonner dans le dos et Rocco, inerte et comme paralysé, refusait de bouger. Il a fallu que je le tire par les pattes pour dégager la place.

Une fois le Noir installé et le feu derrière nous, il a changé de ton. « Alors, dit-il, tu marches à quoi ? C'est quoi ton truc ?

— Ce soir, c'est baiser, sucer... et pas penser.

— Il est mort, ton chien ?

— C'est un dormeur », dis-je en désignant la bouteille entre mes jambes.

Le gosse se retourna et vit les cartons empilés sur la banquette, pleins à ras bord de boîtes de conserve, de bouteilles, de paquets de cookies et de cochonneries. « Tu t'éclates aux bonbons et aux chips, pas vrai ?

— Exact.

— Je t'ai menti, dit-il mi-sourire mi-grimace. Pour le stop... Je ne fais pas de stop. » Il était à cran, comme s'il venait de prendre du crack ou du speed, sourire de faux jeton.

« Tu veux quoi alors ? » dis-je en me concentrant sur le volant pour rouler droit.

Quand je me suis retourné, il avait ouvert sa braguette et sa main allait et venait sur un long sexe noir et mou.

« Tu veux sucer ? Cinquante dollars. » Puis, sans attendre que je réponde : « J'te suce — c'est cinquante aussi —, tu veux baiser, c'est cent — cent cinquante pour les deux —, voilà le menu, chéri.

— D'accord, bien... » mentis-je, dégrisé à l'idée qu'il ne cherchait pas du sexe, mais de l'argent pour son crack. Soudain, j'eus envie qu'il descende, pour revenir au garçon en maillot rouge, ou pour me garer, dormir...

Cette chute d'intérêt ne lui échappa pas. « T'aimes aussi les chattes ?

— Plus que tout !

— Écoute c'que j'dis, tu veux un p'tit trou bien blanc, bien jeune, elle est chez moi — mignonne j'te dis —, une petite chatte serrée — de New York... elle aime picoler aussi... quinze ans elle a, sans déconner, j'ai vu ses papiers — elle te suce jusqu'à ce que ta bite se décroche, tout ce que je lui dis elle le fait, tu lui donnes juste un peu de ta gnole rouge, tu lui laisses caresser le chien, elle aime se voir dans la glace, quand tu la baises par-derrière, quand elle suce — une vraie salope —, elle reste toute la nuit... ça roule... ? »

Je détestais son racolage. « Combien ? demandai-je avec ennui.

— Deux cents la nuit », dit-il, le cerveau surchauffé, hors contrôle.

« Oublie. »

Il était désespéré et impatient. « Merde, mec, cent dollars — merde —, j'ai besoin du fric, mec — tu m'as vu, tu sais que j'ai besoin de ce fric.

— Vingt-cinq, dis-je pour m'en débarrasser.

— D'ac, ça colle — merde —, t'es bourré, chéri — enculé —, comment je sais que t'as le fric ? »

Nous étions au carrefour de Sunset et La Brea, à cinq cents mètres d'où je l'avais pris. Assez roulé, il fallait que je m'arrête et que je dorme. « D'ac », dis-je en sortant une poignée de billets, des cinq et des dix, de ma poche de pantalon, le liquide rescapé des derniers chèques du chômage. « Je suis riche, pigé ?

— Viens chez moi, c'est à cinq minutes —, tu la baises toute la nuit — sur Santa Monica, après Western —, pas loin — elle s'occupe bien de toi. Donne les vingt-cinq d'abord. »

En me garant, j'ai cogné la Ford contre le trottoir. « Ramène-la ici, dis-je. Je t'attends. Vingt minutes.

— Elle sortira pas de la maison, faut que tu viennes — elle a pas confiance. »

Je lui ai tendu un billet de dix puis, en me penchant, j'ai ramené trois paquets de Malomars et deux boîtes de cookies coco-chocolat que je lui ai données aussi. « File-lui ça et le fric, dis-je, elle viendra. Tu lui diras Joyeux Noël de la part de Bruno.

— Bruno ? la salope veut pas de cookies, Bruno, elle veut du fric.

— Ramène-la, je te dis. Cinquante de plus si tu la ramènes.

— T'es un enfoiré, Bruno — t'es dingue —, t'es comme un dingue — t'as tiré sur le goulot —, ne m'envoie pas chercher la chatte si t'es pas là quand je reviens. »

Je lui ai redonné cinq dollars. « Je serai là. Elle s'appelle comment ?

— Amy.

— D'ac, et toi ?

— Appelle-moi McBeth. Comme la pièce.

— T'as raison », dis-je.

Longtemps après, je me suis réveillé, Rocco aboyait et il y avait quelqu'un à la vitre. Une fille. Jeune, dans les quinze ou seize ans, maigre et pas jolie. Comme elle souriait, j'ai souri moi aussi.

Mon cerveau s'éclaircit et j'aperçus McBeth à l'autre porte, qui faisait des grands gestes pour que j'ouvre. J'ai appuyé sur un bouton, mais Rocco grognait et le type avait peur. J'ai retenu le chien par le collier.

« Excuse, Bruno, j'ai mis longtemps pour la pute. » Il vit à ma figure que la fille ne m'emballait guère. « Ouais, j'sais, elle est maigre, elle a une tête de cheval, mais elle te baise jusqu'à ce que tu supplies qu'elle te lâche la queue, c'est une maligne aussi — keskila ton chien, mec — il m'aimait bien avant.

— Avant il dormait. » Je soulevai Rocco et je le reposai à l'arrière. Il se laissa faire et se roula en boule. McBeth et la fille montèrent dans la Country.

Amy se mit à parler. Elle bégayait affreusement. « Ce-ce-cet animal est mé-mé-méchant ? demanda-t-elle.

— Pas plus que McBeth.

— Lui c'est un p-p-plouc, nu-nul pour le business, mais pa-pa-pas méchant.

— T'es obligée de prendre le risque », dis-je.

Elle sourit à nouveau. « Jé-jé-j'aime b-bien les cookies Ma-ma-malomar. »

Sur la suggestion de McBeth, j'ai descendu Sunset, cap à l'ouest jusqu'à Laurel Canyon, et de là au nord, dans les collines. À vue de nez, Amy ne pesait pas quarante kilos. Corps d'enfant. Avec son uniforme de pute d'Hollywood, bottes noires, talons aiguilles, cuissardes et débardeur, elle avait l'air d'une préado qui se rend au carnaval. Sous le maillot élastique, les tétons se réduisaient à deux protubérances de la taille d'un bouton. Au bout d'un kilomètre de canyon, McBeth m'enjoignit de me garer derrière le parking du magasin Country, pour être dans le noir et invisibles de la rue. J'ai obéi.

« Donne du vin à la fille — elle aime bien déconner, elle adore ça », suggéra-t-il. J'ai bu un bon coup au goulot et tendu la bouteille à Amy. McBeth avait raison. Elle se jeta dessus à longues gorgées sauvages.

« Merde, dis-je, tu sais boire.

— J'ai-j'aime m'amu-muser », répondit-elle, puis elle ouvrit son sac qui était plein de Malomars emballés, elle en ouvrit un et croqua un gros bout.

C'est alors que j'ai éclaté de rire, un rire surgi du fond des tripes. Cette fille, ce McBeth et le vieux bull-terrier de mon père, sur ce parking désert des collines d'Hollywood balayé par le vent de Santa Ana, en train de manger des cookies et de boire du Mad Dog, c'était comique. Je riais et c'était comme si je m'entendais de l'extérieur de ma tête. J'ai tendu la bouteille à McBeth et je lui ai proposé de boire un coup.

Il a repoussé la bouteille. « Mon fric, mec. Cinquante dollars. On fait du business ou quoi ? Tu vas baiser la pute, oui ou non ?

— Pas sûr, dis-je sans cesser de rire, hébété par le vin et totalement indifférent à la perspective de me faire entuber ou pas. Histoire de faire plaisir à McBeth, j'ai entrepris d'extraire de ma poche les billets froissés en boule et de les disposer sur le siège pour qu'il puisse se servir. Prenant ça pour un signal, Amy a bondi par-dessus Rocco, un Malomar dans chaque main, et en trente secondes s'est retrouvée nue sans avoir lâché un cookie. Elle avait un corps pâle, osseux et impudique. On aurait dit un petit garçon.

J'avais du mal à trier l'argent sans perdre de vue ses singeries. Quoi qu'elle fasse, elle me donnait envie de rire. Elle se retourna vers la banquette et entreprit de tripoter Rocco et de lui donner des Malomars, ses fesses étroites pointées en l'air, et c'était toujours aussi drôle.

McBeth fut rapide comme l'éclair. Une main sur la poignée de la porte, il rafla tous les billets qu'il put, sauta dehors et se mit à courir. Le temps de lever les yeux, il avait disparu, ne laissant que le sillage d'un bruit de pas. Et c'était drôle encore. « McBeth, j'ai crié, sale nègre, voleur, prends-la avec... la laisse pas ! »

Dehors, dans le noir, les pas se refirent entendre derrière la voiture, à la porte du coffre. « Ouais, petit, brailla-t-il, t'as raison. Faut être réglo. » La porte du coffre s'ouvrit brusquement et il se retrouva contre Amy.

Ils s'empoignèrent, elle se débattit mais il était trop fort, trop vif. Il lui arracha ses habits et son sac, sauta de la voiture et claqua la porte du coffre. « Elle est à toi, p'tit blanc, enfoiré de nique-ta-mère, cria-t-il. Toi qu'es si malin, Bruno, tu piges ça ? J'ai rien à fiche de vous, allez vous faire mettre ! »

Le temps que je m'extirpe, il avait disparu dans la nuit chaude avec mon argent et les affaires de la fille. Aucune importance. D'ailleurs rien n'avait d'importance. Le vin avait fait son boulot.

Sous le cône de lumière du plafonnier, la gamine avait l'air toute perdue et serrait ses bras minces sur sa mini-poitrine blanche. Victime et nue comme un boat-people. J'ai ôté ma veste, je la lui ai donnée. Là-dessus, j'ai éprouvé le besoin de revenir au goulot. Pas pour réfléchir à la situation, mais je ne voyais pas quoi faire d'autre.

On est restés un moment dans cette position, elle sur la banquette arrière, moi au volant. J'ai allumé une cigarette. Puis une autre. Je distinguais ses yeux dans le rétroviseur, des yeux vides qui m'étudiaient.

À la fin, à demi inconscient, je lui ai souri. Ça lui a pris quelques secondes, mais elle a souri aussi. Je me suis retourné pour lui passer le Mad Dog et un autre paquet de Malomars. J'ai pensé : « Et merde ! »

Je me suis réveillé en sueur, les arcades douloureuses, les yeux désynchronisés, l'un qui me brûlait et l'autre qui m'assommait. Quelqu'un me tapait dessus toutes les demi-secondes avec des agrafeuses de différentes tailles. Tout près, un souffle bruyant, haletant, au-dessus de ma tête. C'est alors que je me suis souvenu de Rocco.

J'avais dormi sur un truc dur et râpeux, mais quoi ? Je clignais des yeux face à un soleil énorme. Pas un souffle d'air, une chaleur suffocante. Puis j'ai réalisé : j'étais dans le compartiment bagages d'un break Ford Country Squire appartenant à mon frère Fabrizio.

Sur un parking. Où ça ? Aucune idée, mais sûrement pas celui d'une prison. En ouvrant les yeux, je me suis vu assiégé par des montagnes de bouffe, des emballages de pâté éventrés, des collines de corn flakes. Du pain en tranches et des boîtes de cookies déchirées mijotaient dans de la poudre de consommé. Un sac de Freetos ouvert me servait d'oreiller et j'avais des miettes accrochées dans les cheveux. Sur mon torse trempé de sueur, j'ai épluché un truc poisseux, un morceau de cookie Malomar écrasé, avec du chocolat et du marshmallow qui me collaient à la peau.

À côté de moi, un corps maigre, un petit garçon sans zizi — par éclairs, les souvenirs de la nuit s'allumaient en flashes gris ... Angie ? ... Edith ? ... Amy ?

L'urgence, c'était cette lumière et la chaleur. Avec effort, j'ai levé la tête et j'ai regardé derrière moi, au-dessus de la carrosserie, au-delà d'une plaque brillante qui était la vitre arrière du break. À première vue, nous étions garés dans un édifice en béton, l'arrière de la voiture englouti dans un soleil oblique et violent. L'avant, dans l'ombre, avait l'air nettement plus frais.

Le break de Fab avait des vitres électriques et le geste de me traîner jusqu'à la clé de contact, sous le volant, était au-dessus de mes forces. Je pouvais à la rigueur ramper jusqu'à la zone d'ombre sur la banquette, mais j'étais hors d'état de passer à l'action. Le corps n'obéirait pas. Je me suis assis pour humecter ma gorge à vif avec les dernières gouttes de Mad Dog. Ça m'a fait du bien.

Peu à peu, des bruits de portières pénétraient ma conscience. De pas aussi. Des voix. Un genou osseux reposait entre mes cuisses. Amy était en sueur elle aussi, nue et luisante dans la fournaise.

Quand j'ai ôté le genou de mes couilles, elle a ouvert les yeux et m'a souri. J'essayais de construire une pensée, dans le but d'émettre un son, quand un gardien de parking en uniforme et chemise blanche rapiécée s'est mis à cogner sur le capot. « Hé là, glapit-il — il avait les mêmes épaulettes que les flics de Garden State Parkway —, veuillez déplacer immédiatement ce véhicule. Bloquer l'accès est un délit. »

Rocco se jeta contre la vitre et montra les crocs. Le crétin recula. Je me suis caché les couilles sous ma main libre et, penché par-dessus le siège, j'ai agité la main et fait OUI de la tête pour qu'il parte.

Puis de nouveau, les yeux plissés sous la lumière infernale de la vitre arrière, j'ai cherché à voir ce qui motivait la hargne du vigile. Le cul de la voiture se trouvait à moins d'un mètre d'un portail sur lequel des lettres étaient peintes : « Cedars Hospital. Entrée de la morgue. »

Côté essence, il me restait un quart de réservoir à l'entrée de Sunset Ouest de l'autre côté d'Hollywood. C'était la mauvaise direction si je voulais me procurer de quoi faire passer ma migraine, mais je n'avais pas encore les idées claires.

Roulant à petite vitesse, j'ai descendu une pinte de Ten High qui ne m'a fait aucun effet. Amy était assise contre la porte passager, muette et nue sous ma veste militaire verte qu'elle portait dégrafée et flottante. Elle ingurgitait à poignées des cookies au chocolat, sans oublier d'en filer à Rocco. Je devinais qu'elle évitait la conversation à cause du bégaiement. Ça ne me gênait pas.

Elle a trouvé une brosse dans la boîte à gants et s'est mise à se ratisser les cheveux dans le miroir du pare-soleil. Nullement perturbée à la perspective d'un nouveau jour, elle chantonnait. Enfin elle a parlé : « T-t'es riche, Bruno ché-chéri », dit-elle.

Je n'avais pas envie de discuter. « Pas chéri, répondis-je, juste Bruno.

— Je v-v-veux que tu me-me-me-pu-paies une ta-tasse de ca-ca-café et po-pou-pour la-la-la lala n-nuit. C'est po-po-possible ?

— Faut voir, dis-je en essayant maladroitement de rentrer le poing dans la poche de mon pantalon. Je vais y réfléchir. » Puis je me suis souvenu de McBeth, McBeth raflant les billets froissés sur le siège et détalant au sprint.

J'ai fouillé l'autre poche, la gauche, celle où j'avais l'habitude de ranger les gros billets. (Parfois, dans les bars, j'oublie qu'il me reste de l'argent dans la poche gauche, j'arrive à tromper mon cerveau et la poche reste pleine.) J'ai palpé une bosse, tout allait bien. Une bonne surprise, ça, qu'elle ne m'ait pas fait les poches et dépouillé dans mon sommeil. « On dirait qu'on a de la chance, dis-je en tapotant la poche. C'est jour de paie. »

Elle avait lu sur mon visage. « T'as-ta-ta cr-cru que j'avais pris t-ton a-a-argent ? Co-co-comme Mmm-mmmmaaaack-Beth ?

— Je me posais la question.

— Po-pour l'a-l'argent, je fais des pi-pi-pipes, je vo-vole pas, ili-ili-il y a une di-di-di-fférence. » Elle glissa la main entre ses cuisses et me brandit sous le nez un doigt humide et odorant. « Pé-pé-paie-moi, demanda-t-elle, je l'ai ga-gagné.

— Bon Dieu, dis-je, combien ? » L'odeur me donnait la nausée.

« Vi-vin-vingt-cinq. Ça se-se serait cin-cinquante mais la-Lady MamaMc-ba-Beth ta t'as tout p-pris la-la-la nuit de-dernière, tu pa-paies seu-seule-ment vin-vin-vin-vingt-cinq. »

Je lui ai tendu la boule de billets, incapable d'en déplier un tant je tremblais. « Prends cinquante », dis-je, la tête battue comme une enclume.

Elle déroula un billet et me rendit le reste. « Me-merci, dit-elle avec un grand sourire, po-po-pour la ré-ré-ré-récomp... le service.

— Ça te va bien de dire ça.

— Tu-tu veux que je te-te-te suce là main-main-main-tenant dans la voi-voiture pendant que tu con-con-conduis ? Je s-s-suis sûre que je peu-peux te fai-faire j-jouir. Ça te fe-fe-fera du bi-bien. »

J'ai regardé le peu désirable petit corps. Pas de seins, à peine des aréoles, de minuscules protubérances roses sur la cage thoracique. Pas de hanches, les fesses d'un fielder de la Ligue des Minimes. Comme pute, elle n'avait d'autre attrait que son sens de l'humour. J'ai fait non de la tête. « Ce qu'il me faut, dis-je, c'est de l'aspirine. Un truc pour l'estomac, et du vin. Beaucoup de vin.

— Tu-t'es ma-malade, Ba-Bruno ché-chéri. Ren-rentre chez toi et repo-pose-toi.

— Le vin et le reste, ça va me retaper.

— Tu-tu-t'aimes ce-ce vin-vin-là, pa-pas vrai ? »

Ça criait dans ma tête. Il fallait débrancher. De pures toxines de haine se déversaient dans mon cerveau comme l'océan dans la coque fracassée d'un navire qui sombre. Toujours le même problème. Et du vin, encore du vin, c'était le seul remède, à ma connaissance. Sans désir ni plaisir, rien que l'oubli et l'obligation de forcer la dose. Un programme Mad Dog pouvait durer deux jours, ou trois, parfois des semaines. Quand vous baisez la gorille, ce n'est pas vous qui décidez d'arrêter.

Mais là, la tête lâchée par le Dog, ma conscience me poignardait jusqu'aux tripes, impossible de penser et d'être moi. Privé de vin, mon cerveau ne voyait plus que le mal... Un mac drogué m'avait volé mon argent. Je m'étais fait arnaquer par une môme absurde, une infirme. Abandonner ma famille à l'hôpital sans oser voir en face mon père mort, lâcheté, montagne d'égoïsme irresponsable. J'avais volé la voiture de mon frère. J'étais un dégénéré, doué d'un penchant insatiable pour la perversion. Incapable de changer. Prêt à tout sauf à ne pas boire.

Ce cri dans ma tête ! Seul, sans Amy dans la voiture, j'aurais jeté le pare-chocs du break en travers d'un bus. Tout pour que cesse ce vacarme. Amy avait dit que j'aimais le vin, j'ai répondu : « Ça dégage la route.

— Tr-rouve un Sa-sa-seven-Eleven. Ji-ji-ji-j'irai te che-chercher t-ton mé-mé-médicament. Ma-mais da-d'abord ar-rête-toi, le ch-chien a en-envie de chi-chi-chier. »

J'ai regardé Rocco. Elle avait raison.

Quand on suit Sunset vers l'ouest un moment, Hollywood disparaît brusquement dans Beverly Hills. Les trottoirs de béton et les immeubles de bureaux en verre se métamorphosent en riches propriétés à pelouses manucurées, haies et massifs taillés en forme d'animaux effrayants, oiseaux géants et oies de trois mètres de haut. Ici et là, des jardiniers à tête d'extraterrestres sortent tondeuses et outils de leurs camionnettes 4 x 4 à trente mille dollars. Ce sont les seuls humains visibles, avec les joggeurs solitaires casqués d'écouteurs qui rebondissent le long des rues ou se traînent dans les prairies de Beverly Hills comme des voitures au ralenti sur l'autoroute.

Je suis sorti de Sunset à gauche et je me suis arrêté dans une rue latérale devant une villa de taille moyenne à vaste pelouse. La bande d'herbe entre la rue et le trottoir faisant cinq mètres de large, le chien ne chierait pas sur la propriété privée. Amy a voulu sortir avec Rocco et je suis resté dans la voiture, à fumer, boire les dernières gouttes de vin et m'efforcer de ne pas paniquer.

Rocco était en train de se soulager dans les touffes d'herbe verte à côté de la voiture, sans laisse, quand deux coureurs ont débouché au coin de la rue, un couple quadragénaire qui remorquait au bout d'une corde un superbe labrador roux. Je les ai regardés monter la rue avec leurs écouteurs et leurs joggings assortis.

J'avais oublié que le vieux chien de Jonathan Dante avait un instinct de tueur. La migraine et la stupeur alcoolique avaient brisé mes facultés de raisonnement. Et puis, Rocco avait l'air mal en point, à bout de forces. Il n'avait plus qu'une dent sur deux, clopinait sur sa patte arrière et ne semblait dangereux pour personne. Par malheur, c'était toujours un bull-terrier.

Au passage du groupe de coureurs, il chargea et cueillit solidement le labrador à la gorge.

Amy resta figée, apeurée et nue dans ma veste militaire qui flottait autour du petit corps tétanisé.

La joggeuse s'affola et lâcha la corde du chien. Les animaux valdinguèrent au milieu de la rue entre les voitures qui freinaient en crissant, les crocs de Rocco verrouillés dans leur étreinte mortelle au cou du labrador.

Il allait le tuer, c'était couru. Je ne voyais qu'une manœuvre pour séparer les chiens. Un jour, des années auparavant, à New York dans Central Park, pour impressionner une poétesse avant un premier rendez-vous, j'avais attrapé par les pattes arrière son bulldog, un certain Winston qui avait terrassé un épagneul. Sans le faire exprès, j'avais réussi à soulever le chien par les pattes et à l'immobiliser jusqu'à ce que l'autre propriétaire récupère son animal. Et ce soir-là, avec le renfort d'une bouteille de tequila, je m'étais fait sucer par la maîtresse de Winston.

Il fallait refaire le coup des pattes. Aussi vite que j'ai pu, je suis sorti du break et me suis propulsé vers le lieu de l'action.

Déjà, le sang du labrador changeait le poil blanc de Rocco en un magma rougeâtre, maculé et spongieux. Tandis que le joggeur mâle s'emparait de sa laisse et tirait de son côté, j'ai attrapé Rocco par les pattes arrière et je l'ai décollé du bitume dans l'espoir qu'il lâche le labrador. Échec. L'imbécile refusait de desserrer sa prise. Alors, profitant qu'il ne touchait pas terre, j'ai entrepris de le tordre comme une serpillière. Ça lui a fait mal, il s'est contracté, a miaulé sans lâcher pour autant. Le sang de l'autre chien me giclait au visage et sur les vêtements. Des spectateurs accouraient, affolés à la vue de ce chien blanc à profil de requin qui assassinait un pacifique labrador. Amy avait enfin fermé ma veste et faisait de son mieux pour se fondre dans la foule.

Le public avait pris parti pour le blessé, moi inclus. Le crâne battant, j'étais au bord de vomir et de tourner de l'œil. J'avais beau m'être habitué à lui, en cet instant je haïssais Rocco comme le reste du monde.

Finalement, perdant les pédales, j'ai mis en pratique la première idée qui m'est venue — j'ai mordu Rocco à l'oreille, fort et profond, jusqu'à sentir le goût du sang. Ça l'a secoué, il a braillé, lâché prise et le joggeur mâle a pu tirer hors d'atteinte son toutou meurtri.

Épuisé et nauséeux, je me suis assis sur le bord du trottoir, les bras serrés sur le poitrail de Rocco. L'autre chien, hors de danger mais en état de choc, s'était échappé et détalait dans un réflexe de survie. De loin, j'ai regardé ses maîtres disparaître au coin de la rue à sa poursuite.

Il était temps d'embarquer Rocco et de filer, mais je me sentais trop mal pour bouger. J'imaginais que les joggeurs-proprios du labrador allaient revenir pour la discussion légale concernant les frais de vétérinaire. À Beverly Hills, tout procès potentiel donne lieu à une enquête et j'aurais parié que quelqu'un avait appelé la police.

Le public, des jardiniers, une nounou, des gens à tête de résidents, les automobilistes à l'arrêt se dispersaient déjà. J'ai cherché Amy et je l'ai aperçue là-bas qui se glissait à l'arrière de la voiture. Une Mercedes décapotable, bloquée par la bataille, s'était garée devant le break.

Quelques minutes plus tard, j'avais repris le contrôle et je pouvais envisager de charger Rocco dans la voiture. Je me suis levé et je l'ai traîné vers la portière passager en me servant de ma ceinture comme d'une laisse. Il résistait comme un beau diable, avide d'un match retour contre le labrador vaincu.

Quand je suis arrivé à la voiture, un type à chapeau de cow-boy et en costume d'homme d'affaires est sorti de la Mercedes et m'a barré le passage. « J'espère que vous n'avez pas l'intention de partir, dit-il. Il vous reste des choses à faire, avant. » Il avait l'accent du Midwest, de Chicago. Ce n'était pas un cow-boy mais il avait des bottes, une tête et trente kilos de plus que moi.

« Mon chien est blessé, mentis-je. Il faut un vétérinaire. » De près, je voyais qu'il avait disposé sa voiture en oblique, son pare-chocs arrière contre mon pare-chocs avant, exprès pour nous bloquer. Avec un camion de la télé par câble juste derrière le break, nous étions coincés.

« Votre monstre aux yeux roses a enlevé de la viande à ce labrador. Il avait l'air sérieusement touché. Personne ne bouge avant que les propriétaires reviennent et décident quoi faire. »

Puisqu'il était trop gros à prendre de front, je l'ai contourné, avec Rocco à la remorque, tout en faisant signe à Amy d'ouvrir la porte arrière et j'ai enfourné le chien à bord.

Devant la porte du conducteur, à bonne distance du cow-boy, j'ai crié : « Je me tire. Bouge ta putain de bagnole et m'emmerde pas ! » Puis j'ai pris place au volant et verrouillé la portière. Le type a ricané de mépris, puis il s'est dirigé vers sa décapotable, a plongé le bras au-dessus de la vitre passager et pêché un cellulaire au bout d'un long fil. Il m'a regardé avec morgue et a composé un numéro.

Plus rien à perdre, je me suis dit. J'ai démarré, poussé le levier de vitesse sur D et enfoncé l'accélérateur au plancher. La démultiplication du moteur écrasa facilement le pneu arrière de la décapotable contre le trottoir et je l'entendis exploser comme un ballon. Affolé, gigotant des bras pour me faire signe d'arrêter, le type vit l'arrière de sa Mercedes déraper sur le trottoir et s'immobiliser dans l'herbe à un mètre du bitume.

J'étais toujours en sandwich mais maintenant j'avais de la place pour manœuvrer. J'ai enclenché la marche arrière et bondi d'un bon mètre. Enfin détendu et d'excellente humeur, j'ai ramené le levier de vitesse sur D et foncé sur la décapotable. Pour le coup, le coffre se gondola et la voiture fut projetée en avant. Avec raison, le type s'écarta de la trajectoire du break fou.

Au troisième assaut, un second pneu explosa, mais Amy hurlait, elle voulait descendre, alors j'ai arrêté. Avais-je assez de place pour déboîter ? Oui. Il était temps de les mettre.

Je savais qu'il y avait de la casse, mais tout semblait à sa place et le moteur ronflait normalement. Une fois revenu sur Sunset, et quelques blocs plus loin dans Hollywood, je me suis retourné vers Amy et le chien. « Désolé, dis-je, je crois que c'est pas mon jour. »

11

J'ai continué à rouler vers l'est, au-delà de Beverly Hills jusqu'à Western Avenue, avant de prendre plein sud. C'était toujours le rush du matin et le vent chaud soufflait dans les rues de la poussière, des palmes et des ordures. Recroquevillée contre la porte du coffre, Amy se murait dans le silence. Elle avait replié les pieds sous ma veste, seule la tête dépassait. Le chien, épuisé, gémissait à chaque expiration et pétait bruyamment. Des pets au cocktail vin-cookie, l'horreur.

Toutes vitres baissées, nous avons dépassé la plage de boue des lutteurs nus et la zone des boutiques pornos, avant le carrefour de Santa Monica Boulevard. Amy n'avait toujours pas dit un mot. J'ai fini par lâcher : « Je t'emmène où ? Où je te laisse ? »

Pas de réponse.

« Amy, dis-je, j'ai la tête qui disjoncte. Tu me parles ou tu te casses de cette putain de bagnole.

— Ga-ga-gare-toi au pro-prochain coin, ché-ri, à la bou-boutique, dit-elle. Je ma-ma m'arrête là. »

C'était une supérette de boissons alcoolisées. J'ai enfilé l'entrée du parking, je me suis garé entre des lignes blanches à distance de l'entrée et j'ai coupé le moteur.

Elle me regardait de travers. « Ce-ce que tu-tu as fait là-là-bas c'est dingue. Ça fou-fout la tru-trouille.

— J'ai dit que je m'excusais. Je suis contre l'autosatisfaction. » Une autre pensée s'afficha : « D'ailleurs, je déteste les gens qui mettent des chapeaux de cow-boy. »

Amy descendit de voiture et vint à la portière. Elle souriait en me disant adieu. « Tu v-veux que je te preprenne qqqqqqueque chose pour t-ton e-e-estomac avant qu'on-s' qu'on-s'-quitte ? »

Impossible de refuser. Je n'avais aucune envie de sortir de voiture avant d'y être obligé. Non sans peine, j'enfonçai une main tremblante dans la poche gauche de mon pantalon et ramenai à la lumière une poignée de billets.

Elle arracha l'argent avec impatience. « Lé-laisse-moi faire, murmura-t-elle, tu-t'es un sa-sacré num-num-éro. »

Elle lissa prestement les billets, les compta et m'annonça le total. Je possédais deux cent soixante-dix dollars en billets de vingt et de dix, le solde du liquide new-yorkais, sans compter la carte de crédit. Elle me rendit l'argent. « Tu-t'as besoin de q-quoi ?

— Du vin, dis-je en tendant vingt dollars. Mogen David. Deux bouteilles et de l'aspirine. Et du Pepto pour l'estomac.

— Tu-tu crois que t'tas une gr-gr-grosse bi-bite, hein ? T-tu t-te p-prends pour un su-su-super coup ?

— Ah bon ?

— Tu crois que t'tas une pl-plus grande bi-bite que Ta-Tom Sa-Sa-Sellick ?

— C'est qui Tom Sellick ? »

Elle a souri. « T-t-t'en fais pas, Ba-Bruno. Je s-sais que tu es cin-cin-cinglé. Ça se v-voit à t-tes yeux. »

Ses yeux à elle étaient grands et brun clair et lui adoucissaient le visage. « Tu-tu veux que je re-reste avec toi aujourd'hui ? On p-prend du vin et on va-va chez t-toi.

— Je n'ai pas de chez moi. Je suis à L.A. que depuis deux jours.

— T-t'es d'où ?

— New York. New York City.

— J'y ai é-é-été u-une fois. C'é-était bi-bien.

— Mais je suis né ici. Mon père est mort la nuit dernière au Cedars.

— On-on prend une cha-chambre ? un ma-ma-ma-motel ? T-tu a-as de l'argent ?

— Tu veux combien pour toi ?

— Je dé-dé-ménage et je prends mé-mes af-affaires chez ce-ce ce-con de Ma-Ma-Mc-Ba-Beth. Fi-fi-fini. Pa-promis. C'est à de-deux blocs. »

Amy connaissait le type du comptoir et on a eu droit à une bouteille de vin à l'œil. On a repris la descente de Western Avenue, jusqu'à Romaine où j'ai viré à l'est. Un bloc plus loin, on s'est arrêté devant un immeuble préhollywoodien, style artisans années vingt, portique à colonnes de pierre. Doté d'un lourd escalier de béton, l'immeuble dressait sa misère dans un renfoncement. « En-enlève ta che-che-chemise et do-donne-la-mo-moi », ordonna Amy. J'obéis, elle fit glisser la veste militaire et enfila ma chemise boutonnée sur son petit corps. Quand elle se mit debout sur le trottoir, la chemise lui tomba sur les genoux. Pieds nus, elle trottina dans l'allée jusqu'à la porte et s'introduisit à l'intérieur avec une clé qu'elle tira de derrière un pot de fleurs.

Je grelottais de chaleur. J'ai avalé une gorgée de Mad Dog, j'ai senti la descente du liquide et une décharge de fraîcheur explosa agréablement dans mon ventre. La tremblote ne tarderait pas à se calmer, je le savais. Mon cerveau aussi.

Amy partie, j'ai eu envie de fumer mais le tabac m'a donné la nausée. À la place j'ai avalé une aspirine et une gorgée de vin en écoutant les nouvelles à la radio. Sur le plancher, Rocco, inerte, dormait et jappait dans son rêve. Le speaker parlait d'une fusillade dans une station balnéaire du comté. Une arme automatique avait mis fin à une dispute sur la garantie d'un jouet de Noël dans un centre commercial. Association d'idées : pourvu qu'Amy ne réveille pas McBeth en faisant du bruit, il pourrait bien dormir auprès d'un dealer de crack, un gros black mal disposé envers les Blancs.

J'ai entendu la grille du porche se refermer doucement et j'ai levé la tête. Amy, sur la pointe des pieds, descendait l'escalier de béton avec deux gros sacs de supermarché gonflés de vêtements sur les bras. Elle se dirigea vers la voiture, posa les sacs sur le capot et se pencha à la portière. « Je-j'ai u-un tru-truc à faire », souffla-t-elle. Elle fit tinter des clés de voiture et désigna une Toyota décapotable garée dans l'allée. « Ce-c'est la cai-cai-caisse de McBeth. Un ty-type l'a louée po-pour lui et il ve-veut pas la rendre. »

Je l'ai regardée sautiller jusqu'à la voiture, peinte en rouge et qui en jetait. Elle zappa l'alarme, ouvrit la portière, s'accroupit sur le siège du conducteur, leva les pans de ma chemise sur ses hanches nues et pissa droit sur la garniture en peau de mouton.

Ceci fait, elle ressortit, claqua la portière et rebrancha l'alarme. Puis elle gambada jusqu'au porche et glissa les clés dans la fente du courrier. Elle revint s'asseoir à côté de moi, empoigna la bouteille de Mad Dog coincée entre mes jambes et avala une interminable lampée. « A-allons faire la fe-fête », dit-elle.

Le Starburst Motel se trouve sur la Brea Avenue près de Sunset Boulevard. La tenture au-dessus de l'entrée principale annonce HBO-TV[1] et kitchenettes, et il y a une affiche manuscrite scotchée devant le bureau du gérant : « Tarif à la journée 29$95 ». Amy voulait une chambre avec cuisine. J'ai tourné sur le terre-plein et me suis arrêté devant la réception. La tremblote ayant disparu, j'étais capable d'aller moi-même parler au type.

Il en ressortit qu'une chambre avec cuisine et HBO coûtait trente-neuf dollars par jour, soit dix dollars pour la cuisine. Il y avait deux chambres de ce modèle. Pas de problème pour les animaux. L'une des chambres disposait d'une fenêtre, l'autre donnait sur l'arrière-cour. Elles avaient toutes deux l'air conditionné et étaient libres. J'ai visité les deux et fait mon rapport à Amy. L'affaire était d'importance pour elle et elle m'assura que, si on prenait la jolie chambre, celle avec la fenêtre, je pourrais lui faire du fist-fucking. Ce qui me décida, c'est que la chambre était près de la machine à glace, détail capital à mes yeux.

Il en coûtait deux dollars de plus pour une raison obscure que le type marmonna en ourdou, ou en farsi, et bref, pour quarante et un dollars, plus dix de dépôt pour la clé, un supplément pour les taxes et huit dollars de garantie pour l'animal, la chambre était à moi. Soixante-trois billets addition faite.

Je me suis couvert direct en réglant sept jours d'avance avec la carte de crédit qui avait passé le test du téléphone. J'étais inquiet, vu qu'à tout instant, la carte pouvait être annulée et remplacée par une neuve au seul nom de ma femme.

---

1. Chaîne câblée spécialisée dans la diffusion de films.

Plus tard, en début d'après-midi, une fois installés avec les provisions et les affaires du break, l'air conditionné refoulait le vent chaud de Santa Ana, on avait attaqué la bouteille de Mad Dog et mon cerveau tournait encore rond, quand j'ai remarqué qu'Amy cessait de bégayer après un verre. Plus elle avalait de Mad Dog, mieux elle parlait. L'alcool déconnectait le bégaiement.

Elle aimait ça, parler, et c'était là, je le comprenais maintenant, sa raison de boire. Sous le bégaiement attendaient des livres entiers, des hangars de mots et elle tenait à tous les dire. Elle les débita par rafales dans la chambre du motel, comme une mitraillette dans un film de James Bond.

Rien ne me fut épargné : son QI, qui pointait dans la tranche des trois pour cent supérieurs. Qu'elle était de Muncie, Indiana. Au collège, elle avait eu la quatrième note aux tests d'intelligence. (Celeste Depue lui avait piqué la troisième place pour un point, mais la mère de Celeste était gouine et prof de gym dans un collège de filles et Celeste était une crétine et personne ne l'aimait, et donc rater la troisième place n'était pas un drame.)

Les mots déferlaient comme les passagers du métro vers les trains de banlieue à l'heure de pointe. Trois mois auparavant, elle avait plaqué la seconde et tracé en voiture de Muncie à Hollywood avec son petit ami, un dealer de crack qui voulait réussir. On l'appelait « le Boiteux » parce que sa jambe droite mesurait cinq centimètres de moins que la gauche, souvenir d'un accident de moto quand il avait quatorze ans. Puis le Boiteux l'avait lâchée avec deux nuits impayées dans un meublé de Selma Avenue, et elle, avec une copine, s'était mise à tailler des pipes dans les voitures sur Sunset, où elle avait rencontré McBeth, qui lui filait une chambre avec matelas chez lui pour cinquante dollars par jour. Le Boiteux avait un cousin nommé Debbie qu'elle avait vu une fois à l'IHOP sur Sunset.

Depuis, chaque soir, Amy essayait de passer au restaurant pour retrouver ce Debbie et lui donner un message pour le Boiteux, afin qu'il sache qu'elle regrettait vraiment qu'il l'ait vue parler à Boyd cette seule et unique fois, parce que ça ne voulait rien dire, mais c'était sûrement pour ça que le Boiteux l'avait plaquée cette nuit-là, sans même dire au revoir.

On a continué à boire. J'écoutais. Les syllabes s'agitaient comme des boat-people en perdition qui tentent d'attirer l'attention. Comme si elle voulait prononcer tous les mots qu'elle connaissait, avant de s'endormir ou d'être trop soûle pour remuer la bouche.

Elle m'a parlé de sa mère, serveuse dans un bar, de sa grande sœur, deux pochardes. De ses deux avortements aussi. De ces choses tristes, moches et stupides, qui arrivent quand on est à la rue et qu'on se débrouille comme on peut — des histoires que j'avais déjà entendues des centaines de fois dans les cures et les quartiers de haute sécurité des asiles d'aliénés. Elle parlait en s'empiffrant de cookies, on se passait la bouteille, Rocco dormait comme une pierre au pied du lit et je regardais HBO le son coupé.

Pour compenser son physique et ses problèmes de communication, Amy avait tout lu. Histoire. Poésie. Fiction et non-fiction. Nullités comprises. Des Mémoires de Nixon à Donald Trump, Og Mandino et Irving Wallace. Deux ou trois livres par semaine depuis qu'elle avait dix ans. Amy avait deux passions : les pénis et les livres.

Elle avait aussi lu mes favoris : Hubert Selby, Hemingway, Steinbeck, E.E. Cummings, Eugene O'Neill. Son préféré, c'était Faulkner et quand elle avait bu, elle parlait comme il écrivait.

Vers la fin de la première bouteille, elle s'est faite gentille et a insisté pour satisfaire mes besoins sexuels, lesquels étaient fort modestes. C'était une suceuse remarquable et elle se mit énergiquement au travail sur ma personne pendant deux minutes, puis elle s'arrêta quand elle comprit que ça l'empêchait de commenter ses talents, et ainsi la pipe se changea en branlette et elle put continuer son discours.

Au bout d'un moment, j'ai fini par toucher un mot de la carte de crédit, celle de ma femme, sur le point d'être annulée. Amy m'a interrompu pour m'expliquer comment le Boiteux « instruisait » ses clients pour les aider à tirer du liquide au-delà du plafond. Elle-même lui servait d'assistante, passait des coups de fil, et elle se mettait à ma disposition.

Elle prit le téléphone de la chambre, composa un numéro, se présenta comme Mme Bruno Dante et expliqua au directeur d'une banque locale qui acceptait la carte qu'elle avait un besoin urgent de liquide. Nous désirions acheter une table Reine Anne très rare pour notre living mais nous n'avions pas l'argent, à moins de retourner à New York et de faire un virement. Quand elle a raconté au type qu'on avait eu une intoxication alimentaire, que ce n'était pas de chance pour un premier voyage à L.A. et que nous préférions les studios Universal à Disneyland parce qu'il y avait plus de spectacles pour les enfants, je me suis dit quand même qu'elle en faisait un peu trop.

Le type la mit en attente pour vérifier l'historique de la carte, ou je ne sais quoi, puis il reprit la ligne et donna son accord. Je me suis habillé et nous avons filé à la banque ramasser deux mille cinq en liquide avant la fermeture de quatre heures.

L'argent en poche, je suis resté au vin trois jours de suite sans sortir de la chambre, à essayer d'éteindre mon cerveau. Je commençais à comprendre que mon père était mort. J'ai laissé les stores fermés et la télé sur HBO et les autres chaînes de cinéma.

Le premier après-midi, j'ai essayé d'écrire un poème au vieux. Des années que ça ne m'était pas arrivé. Le résultat m'a écœuré. Mauvais. Ça faisait trop longtemps. J'ai laissé tomber. L'urgence, c'était le vin.

Amy était trop jeune pour conduire mais, en cherchant dans le Bottin, on a trouvé une boutique d'alcools dans Sunset qui livrait à manger et à boire en cinq minutes moyennant bakchich. Amy s'en occupa, et aussi de promener le chien.

Rester dans la chambre à boire du Mad, je n'aspirais à rien d'autre, mais dès le deuxième jour j'ai commencé à avoir des trous. Des quarts d'heure entiers se volatilisaient. Je savais que le vin se retournait à nouveau contre moi, mais j'étais trop avancé pour reculer. Le mal était fait, je n'arrivais pas à dormir, ce qui m'obligeait à reboire.

Je tombais dans les vapes et je me réveillais en cinq minutes, et toujours le même rêve, celui où l'escadron de la mort défile dans ma tête, avec d'énormes becs de merle à la place du nez.

Douze ou vingt heures s'écoulèrent. Je dormais sans dormir. Le lendemain, Amy m'apprit que j'avais parlé de la mort, nous avions regardé un film avec Claude Rains et j'avais appelé mon ex-psy à New York pour lui dire que j'étouffais dans le noir, mais on n'avait pas vraiment discuté parce que j'étais tombé sur une standardiste. Amy me dit aussi que nous avions marché jusqu'au kiosque à journaux, où j'avais perdu la boule en croyant que le type m'arnaquait sur la monnaie de cinquante dollars. J'avais vidé un rayon de magazines sur la chaussée. Tout cela était arrivé, je n'en avais aucun souvenir.

Amy avait pris peur et m'avait obligé à appeler Fabrizio en pleine nuit. J'avais eu avec Fab une discussion d'une demi-heure où j'avais tout avoué et présenté mes excuses pour le vol de la Country Squire. Je m'étais engagé à rendre la voiture. Nous avions aussi parlé de l'enterrement et j'avais promis à mon frère d'y assister.

Ma mémoire était blanche mais le lendemain matin, Amy s'éveilla avec le jour et elle me répéta ce que j'avais dit au téléphone, et autres incidents. Après le coup de fil, elle m'avait forcé à arrêter de boire et j'avais réussi à me doucher. Puis j'avais bu des bières glacées pour ne pas m'effondrer.

Là-dessus, et conscient pour le coup, j'ai vu un millier de serpents à jambes humaines me dévorer le fond des yeux tandis qu'une balle de calibre vingt-deux, chaude et coupante, me perforait le crâne à hauteur des tempes, trou immédiatement comblé par une chaîne de vélo.

J'ai vomi longtemps, avant d'avaler quatre aspirines et une demi-bouteille d'un liquide rose pour l'estomac. Amy m'a fait ingurgiter une pizza froide et j'ai enfin pu dormir normalement quelques heures.

Pendant que je m'habillais pour l'enterrement, Amy m'a questionné sur mes rapports avec le vieux. Elle-même n'avait aucun souvenir de son père. Ça faisait quoi d'avoir un père, de le voir mourir ? J'ai répondu que le vieux et moi n'avions jamais été très proches — nous habitions à cinq mille kilomètres l'un de l'autre mais un gouffre nous séparait. Nous n'étions pas taillés dans la même couleur, moi vert et lui rouge, ou bleu. Nous ne nous étions jamais compris et j'avais été l'une des grandes déceptions de sa vie. J'ai ajouté que sa mort ne me touchait pas, et là-dessus Amy m'a regardé dans les yeux et dit qu'elle n'y voyait rien d'autre que du chagrin.

Je suis parti du motel avec la Ford en suivant Sunset dans ses tours et détours jusqu'à la Pacific Coast Highway, avant de prendre plein nord vers Malibu. Ce n'était pas le chemin le plus court mais je ne me sentais pas d'attaque pour conduire sur l'autoroute. Amy était restée dans la chambre avec Rocco pour regarder des films sur HBO.

12

L'église Notre-Dame de Malibu est un bâtiment de séquoia en forme de A, construit vers la fin des années quarante au pied des collines, à l'embouchure de Malibu Canyon. Dans mon enfance, les durs bancs de chêne étaient éternellement gelés par l'air mouillé de l'océan et les dalles grises et cirées brillaient d'un reflet polaire. L'endroit idéal pour Dieu. Les thèmes que le père Brundage abordait en chaire n'avaient qu'un point commun : ils ne disaient rien de la vie des humains ordinaires. En cherchant à me garer, j'ai aperçu des gens de ma famille debout sur le parvis, près des limousines et du corbillard. Pour éviter qu'on ne me voie, et qu'on voie les bosses sur la carrosserie du break, je suis allé me mettre un bloc plus loin dans la rue, derrière une caravane.

Vitres fermées, j'ai fumé des cigarettes, laissant tourner l'heure pour que tout le monde ait le temps d'entrer. Mon cerveau manquait de vin, drame, il s'affolait, les pensées fusaient et la sensation me gagnait d'un désastre imminent. Au vrai, une puissante panique me scotchait au siège de la voiture.

J'ai enfin réussi à entrer dans l'église. Je me suis arrêté au bénitier, laissant l'air glacé imprégner mes vêtements trempés de sueur. J'ai respiré fort et ça m'a calmé.

La messe avait commencé. Pourtant, les bancs étaient presque vides, à part une solide ligne de nuques, celles de la famille Dante et d'Agnès, ma femme, étirée sur une demi-rangée près du cercueil. À la vue d'Agnès, mon estomac se contracta violemment.

Une douzaine d'autres personnes étaient éparpillées dans l'église — je reconnus des voisins de Malibu, un célèbre écrivain de L. A. qui admirait les vieux livres épuisés de mon père, un réalisateur de sitcoms et des collègues scénaristes. Je n'avais pas besoin de m'approcher pour savoir que l'expression, sur la chair froide dans le cercueil ouvert, n'était pas celle de Dante, mais une variante concoctée par maman, Fab et quelque entrepreneur de pompes funèbres ecclésiastique et vénal pour affadir la réalité.

Ma main tremblait et refusait de plonger dans le froid bénitier, mais l'instinct social me fit accomplir le geste. Au même instant, quelqu'un derrière moi trempa ses doigts lui aussi.

Je me suis retourné et j'ai reconnu un ancien voisin de mon père, Townsend O'Hagen. Il était vêtu d'un costume d'affaires à rayures démodé et portait pour l'occasion un Fedora à ruban rouge. Ça me faisait du bien de le voir.

Dans les années cinquante, à l'époque des procès anticommunistes du maccarthysme, Townsend avait été mis sur la liste noire des scénaristes. Il avait aggravé son cas en donnant, pour sauver sa peau, des noms au comité lors d'une audience télévisée. Ce qui, d'après Dante, avait ruiné sa carrière.

Je le croyais mort car personne dans la famille n'avait cité son nom depuis des années, même quand il avait quitté Malibu pour ouvrir une librairie d'occasions à Santa Monica. Il avait l'air gras et prospère. Il avait au moins quatre-vingts ans. Il a souri, moi aussi.

Il a réussi à se rappeler mon nom, ce qui le renvoyait au temps où j'allais au collège avec Kerry, sa fille. « C'est vous, Bruno, murmura-t-il. Vous vous souvenez de moi ? » J'ai souri en hochant la tête : « Ouais. Towny O'Hagen. »

Il me présenta ses condoléances et m'emboîta le pas le long de l'allée centrale. J'ai pris place dans la rangée de famille entre ma sœur et Benny Roth et Towny sur le banc derrière, à côté de Paul Matsumoto, le dernier agent de mon père.

L'affaire fut expédiée en une demi-heure, tandis que les pensées des assistants et les prières du père Brundage ricochaient sur le cercueil verni. Quand la famille éprouvée, toute vêtue de noir, eut évacué la nef pour se rassembler sur le parvis, les autres participants se pressèrent pour étreindre ma mère et ma sœur. Fabrizio en costume Armani (neuf cents dollars chez May Company) dominait la scène de sa haute taille et serrait des mains.

Mal à l'aise, je restai à l'écart à fumer des cigarettes et discuter avec Townsend. Le cousin John, roi des cameramen et crack en mécanique, me donna quelques tuyaux, ce qu'il faut vérifier quand on achète une voiture américaine d'occasion, un bavardage qui m'aidait à étouffer les sarcasmes et les critiques qui grouillaient sous mon crâne.

Soudain, acculé par l'émotion, au bord de la panique, j'ai pris ma mère dans mes bras et j'ai prétexté un rendez-vous de travail qui m'empêchait de partir avec la famille. J'ai embrassé ma sœur Maggie et serré la main de Fab en m'excusant derechef. Fab a repris ses clés de voiture sans croiser mon regard ni même dire un mot.

J'allais m'éloigner, à pied, sans même savoir comment retourner à L.A., quand Townsend lâcha qu'il habitait un duplex de location en haut de Benedict Canyon, « près de l'endroit précis qu'on voit sur la carte des Villas de Stars, où Valentino a baisé son premier cheval en public ». Il me demanda si je voulais profiter de sa voiture.

À l'instant où nous partions, ma femme s'est dressée devant moi. Elle exigeait une explication. Où avais-je disparu depuis quatre jours ? Sous les yeux de ma mère et de toute la famille, elle me balança d'une voix forte une demande de divorce, m'accusant d'être un drogué, un porteur de sida qui l'empêchait de vivre et qui avait volé sa carte de crédit.

De quoi me faire perdre les pédales. Je me mis à hurler comme un dingue sur le parvis de l'église. Benny Roth, mon beau-frère, s'interposa pour me calmer et Agnès recula, consciente qu'elle avait choisi le mauvais moment, politiquement, pour lancer des embrouilles.

Quelques minutes plus tard, la famille, parée pour le cimetière, s'entassait dans les limousines. J'ai localisé Townsend dans le parking, il me faisait de grands signes derrière une vieille Cadillac décapotable. Je l'ai rattrapé et nous avons mis le cap sur Hollywood.

Loin du cercueil et de l'église, je me sentais déjà mieux. À l'approche de Topanga Canyon, j'ai demandé à Townie de s'arrêter devant une boutique d'alcools pour acheter des cigarettes. Je suis ressorti avec les clopes et une bouteille de Shenley pour nous deux. Il a commencé par refuser mon offre. Deux ou trois visites à la bouteille plus tard, il était de meilleure humeur et chantait « Tura Lura Lura » et « Venez vous qui croyez » en latin avec un fort accent de Dublin tandis qu'on faisait circuler la bouteille.

Le whisky le rendait bavard. Il avait des tas d'histoires à raconter sur des actrices célèbres et des secrétaires de production avec lesquelles ils s'étaient bien amusés, Robin des Bois et lui.

C'était un merveilleux conteur et sa voix vibrait comme celle d'un speaker de pièce radiophonique du temps jadis. Bagarres, bitures d'une semaine, ex-femmes avec couteaux, procès, prisons. Il emplissait la voiture de poésie. Il exagérait considérablement, c'était magique.

Redevenant sérieux, il déclara qu'il était important pour moi d'en savoir plus sur la vie des scénaristes de L.A. dans les années 30, comme Jonathan Dante et lui. Il me soûla avec le système des contrats pratiqué par les studios et comment, jusqu'à la création du syndicat, les producteurs se permettaient de martyriser les scénaristes maison. Les écrivains avaient tout juste le droit de la fermer.

Je l'ai interrogé sur la liste noire. D'abord, il n'a rien voulu lâcher. Puis, après un fort reniflement, il a changé d'avis et vidé son sac. S'il avait assisté à deux ou trois meetings « de soutien », c'était surtout pour les gros seins d'une actrice sur laquelle il avait des vues. D'après Townsend, les meetings se composaient de vingt pour cent de discours et de quatre vingts pour cent de cocktails. Pas méchant ni dangereux pour personne. Mais les flics avaient pris les noms, et plus tard la liste allait faire des ravages.

Dante avait eu de la chance, m'expliqua-t-il. Il s'était toujours tenu à l'écart des groupes. Il répugnait à se frotter aux monstrueux ego et à tous les faux jetons d'Hollywood, ce qui lui avait valu d'échapper à la rafle.

Après la Seconde Guerre mondiale, la crise avait rattrapé l'industrie du cinéma. Entregent et carnet d'adresses étaient devenus l'arme absolue pour décrocher les bons scénarios. Mon père figurait sur ce que Townsend appelait la « liste noire inversée ». Juste parce qu'il refusait de faire partie des coteries « in » et de fréquenter les gens « bien placés ». Townsend rigolait. La « chance » de mon père, me dit-il, c'est qu'il traitait les gens comme des chiens, qu'il virait ses agents et traînait une réputation de mauvais coucheur. Dante était incapable de cirer des bottes. Un jour, il avait même sorti Val Lewton à coups de poing.

Townsend se souvenait qu'ensuite, jusqu'en 1951, sans commandes pour le cinéma, mon père avait passé deux ans sur un roman. Avant de recevoir le coup de fil d'un producteur aux abois qui, gros chèque et planning serré à la main, cherchait un scénariste « sûr » pour sauver un script mal ficelé.

Au coin de Sunset et La Brea, j'ai dit à Townsend de me laisser là, près du Starbust Motel. Je lui ai tendu la bouteille, il a bu une dernière et interminable lampée et j'ai vu des larmes dans ses yeux. Comme mon père il appartenait à l'autre ville, au Los Angeles à jamais disparu. « Tu me fais penser à lui, dit-il. Même nature... Puissent nos chemins se croiser.

— Merci de m'avoir raccompagné », dis-je.

Le temps d'ouvrir la portière, il avait retrouvé le sourire. Il m'a serré la main. Quand il a redémarré, vitre baissée, je l'ai entendu entonner les premières notes d'une chanson de Noël tirée d'un film idiot des années quarante dont le nom m'échappait.

Rocco était malade. Il grognait quand on essayait de le caresser ou quand on approchait de son assiette.

D'après Amy, il n'avait rien avalé depuis la bataille et passait son temps à dormir. Je suis ressorti et j'ai marché jusqu'à la boutique d'alcools où j'ai acheté un carton de lait, du Mogen David et un litre de Jack Daniels. Dans mon souvenir, les chiens aimaient le lait.

Sur le rayon des magazines, il y avait une section entière de journaux de petites annonces pour voitures d'occasion. J'ai acheté le plus épais.

On a essayé de faire boire un peu de lait à Rocco mais il n'a pas voulu. Amy en a fait chauffer dans une casserole sur la cuisinière et elle y a versé du whisky. Il en a bu la moitié et s'est rendormi. Amy a dit que sa mère avait des chiens, qu'elle avait l'expérience et qu'elle voyait bien que quelque chose clochait. « I-I-Il sou-souffre, dit-elle. Cé-cé-c'est pour ça qu'il a bu-bu ce-cette merde. Dab-dab-d'habitude, les chi-chiens b-boivent pas de v-vin et de whi-whi-whi-whi-whisky. I-il est ma-malade, j'te dis. »

Quand j'ai ouvert l'autre bouteille de Mad Dog, elle m'a dit qu'elle partirait si j'oubliais ma promesse de ne plus boire. J'ai dit d'accord, et d'ailleurs ça valait mieux pour moi. J'ai essayé de lire un vieux roman de Daniel Mainwaring mais je ne pensais qu'à mon père. Et si j'écrivais un poème ? Ça faisait longtemps, mais pourquoi ne pas essayer. Une demi-heure plus tard, les pages jaunes du bloc-note jonchaient la chambre. Des textes prétentieux et maladroits. Nulle poésie, là-dedans. C'était pire que le pire Ferlinghetti, un radotage absurde, artificiel, pompeux, malsain et puant la drogue qui me renforçait dans l'idée que j'étais un menteur, un imposteur, mais sûrement pas un poète.

Amy m'assura que j'étais trop sévère avec moi-même et me demanda de lui lire un des poèmes, avec la promesse corruptrice d'une fellation. Je me lançai dans la récitation à voix haute du meilleur, mais c'était trop mauvais, j'ai renoncé à mi-course, écœuré. J'ai déchiré les papiers et les morceaux ont volé dans la chambre. Amy se moqua de moi mais me suça comme promis, avec de longs aller et retour électrisants, jusqu'à ce que je décolle pour la planète Mars.

Ce n'était pas une japonaise, mais une américaine six-cylindres, une Dart Dodge modèle 1971 à moteur 3,6 litres. Quelqu'un m'avait dit un jour — un taxi new-yorkais, je crois — que le meilleur moteur était le six-cylindres incliné de Chrysler.

Celui-ci affichait cent mille kilomètres au compteur, complètement révisé. Carlos, un gars du Salvador, régnait sur une arrière-cour remplie d'une dizaine de tacots aux divers stades de la remise en état. Avec leurs capots levés, ils avaient l'air de dinosaures rouillés et affamés. On s'est faufilés jusqu'à la Dodge. Carlos a souri et nous l'a présentée comme un vieux pote. « Lui meilleur, dit-il. Lui tourne comme Mercedes-Benz. »

Il était grand pour un latino, deux mètres au bas mot, et avait une haute opinion de ses qualités de vendeur. Il gagnait sa vie, nous apprit-il, en réparant les vieilles voitures. Il arborait une imposante incisive en or et souriait trop.

Il nous raconta qu'à El Salvador, il avait été l'équivalent de chef mécanicien chez un concessionnaire de marques. Amy semblait impressionnée. Il ajouta que si nous achetions la voiture, il nous réparerait gratuitement n'importe quelle panne, et balança un sourire pour garantir sa sincérité. Amy lui retourna le sourire en notre nom.

La Dart avait une transmission automatique et une carrosserie bleu-noir repeinte deux ou trois fois. Les pneus étaient en bon état et les quatre enjoliveurs en place. Les deux portes présentaient de légères éraflures, il manquait un morceau de calandre, l'ensemble était présentable.

À l'intérieur, les sièges étaient recouverts d'une misérable imitation de peau de mouton beige et déchirée, qui masquait une ignoble housse plastique datant de la mise en service de la voiture, Mathusalem. On s'y ferait. Il ne manquait pas un bouton au tableau de bord et quand j'ai cliqué sur la radio AM-FM, il en est sorti un de mes vieux blues préférés, Johnny Reid, excellent présage.

Le taxi d'Hollywood à Downey m'avait coûté trente-huit dollars, pourboire non compris. Après un essai de conduite qui mit la Dart à l'épreuve, j'ai donné mille deux cents dollars en liquide à Carlos dent-en-or. À chaque billet de vingt et de dix que je tirais de la liasse, la dent rigolait. Cet investissement me laissait avec un peu moins de quatre cents dollars de capital.

Dans le taxi, Amy n'avait pas arrêté de siroter le Jack Daniels. Prévoyant qu'elle aurait à parler avec des inconnus, elle voulait supprimer le bégaiement. Mais elle avait exagéré. Effet secondaire, la garce devenait familière, un flirt agaçant s'ébauchait avec le mécanicien à cheveux gras. J'ai d'abord feint d'ignorer cette répugnante absurdité, mais l'attention de Carlos commençait à se disperser. Elle en fit tant que, l'œil dévissé vers l'entrecuisse du pantalon noir et moulant, il s'embrouilla en recomptant les billets. On était loin du commerce.

« Excusez-moi, dis-je pour mettre le holà.

— Quoi chéri ? » répondit Amy d'une voix soyeuse destinée à impressionner le mécano aux yeux bleus. Elle ne bégayait plus.

Moi, j'avais la rage plein la bouche. « Tu te décides ? Tu suces ce bougnoule avant que j'achète la voiture ou tu as la gentillesse d'attendre qu'il ait fini d'empocher mon fric ? »

Triste échantillon de vocabulaire, qui mit Amy aussitôt en colère. « Me-merde, Bruno. Espèce de cochon. Je ne-ne te d-dois rien ! »

J'étais trop avancé pour reculer. « Si elle te suce, Carlos, tu déduis cinquante dollars sur le prix de la bagnole. Correct ? »

Ça lui a coupé le sourire, à Carlos.

Dans la Dart, en route vers Hollywood, elle a joué l'héroïne profanée. Assise sur la banquette arrière, la tête de Rocco sur les genoux, elle s'envoyait du whisky et crachait les mots comme un cobra furieux.

« Pau-pauvre mec gr-gros ma-malin, Bruno. Sa-sale a-a-alcoolo vicieux... tu-tu crois tout sa-savoir. Je préfère avoir l'herpès et baiser Ka-Ka-Carlos et rec-rec-récupérer les ca-canettes de bi-bière en a-lu-lu-luluminium dans les ca-ca-caddies et do-dormir sous les po-porches d'Hollywood Boulevard que su-su-supporter ta merde un jour de plus. Je ne té-t'aime plus et en plus je te dé-déteste à mort. » Quand Amy s'énervait, même avec alcool, le bégaiement redoublait.

En cinq minutes, sa colère était à court de carburant. Elle se contenta de marmonner dans l'oreille du chien, puis elle se tut et mâchonna des cigarettes jusqu'à Hollywood.

J'avais quitté l'autoroute et j'attendais au rouge à un mile du motel quand soudain, sans prévenir, elle ouvrit brusquement la porte arrière et sauta sur la chaussée. La bouteille de Jack Daniels gisait vide à côté du chien.

« Eh, j'ai crié, remonte !

— Va te faire, tête de con ! hurla-t-elle, titubante. Merde à ta pu-putain de fa-famille ! Tu me dois huit cents dollars. Deux cents par jour pour quatre jours. Paie-moi ! »

Nous étions à trois files du trottoir. « Bon sang, Amy, remonte dans la voiture.

— Pas question, cria-t-elle, et elle se mit à tambouriner sur le toit métallique. Tu m'as bou-bousillé quatre jours ! Un ! » PAN. « Deux ! » PAN. « Trois ! » PAN. « Quatre ! » PAN. « Ça fait huit cents dollars ! » PAN — PAN — PAN. Les coups résonnaient et Rocco se mit à aboyer et à montrer les dents.

Je hurlais moi aussi, j'essayais de la raisonner. « Monte, tu vas nous faire arrêter par les flics ! Tu sais bien que je n'ai pas huit cents dollars !

— Pas mon problème ! PAN — PAN. Ton problème ! T-ton père t'aimait mais parce que cé-c'était pas ton tu-truc, tu l'as envo-voyé chier. Comme moi. PAN — PAN. Sale con égo-go-goïste ! »

Les coups sur le toit ont fini par m'énerver. Je suis sorti pour arrêter ce cirque. Les voitures nous frôlaient à toute vitesse.

Elle me vit arriver. Ivre et impavide, elle claqua la porte arrière et s'élança vers le trottoir au nez d'une camionnette. Elle riait et hurlait en même temps, ravie par ses sarcasmes. « Même pas ca-capable de t'occu-cuper d'un p-putain de chien ! »

J'ai décidé de la laisser filer. Bourrée, cinglée, fâchée, ça faisait trop. Je suis remonté dans la voiture et je l'ai regardée qui zigzaguait vers Sunset Boulevard, braillant des cris de haine par-dessus son épaule.

13

L'état de Rocco empirait. Toute la journée, dans la chambre du motel, il était resté sans bouger dans son coin. Dès qu'il tentait de se lever, il gémissait de douleur. Le matin suivant, il refusa toute nourriture, même le lait au whisky. Amy n'était pas revenue et ma relation avec le chien relevait désormais de la coexistence froide.

Le réservoir de la Dart avait soif d'essence et moi de cigarettes. J'ai laissé le chien dans la chambre avec la télé allumée et une boîte de cookies Oreo.

À la station-service, j'ai compté ce qui me restait en poche. Relouer la chambre huit jours me laisserait à peine cent dollars. Les habits d'Amy étaient toujours dans la penderie, dans un sac plastique. Si je partais, le gérant les lui rendrait. Mais ça serait dur de trouver un coin qui accepte les chiens et pour moins cher. Dans les deux cas, je serais à sec en moins d'une semaine. J'ai décidé de faire un tour au cinéma, de manger du popcorn et de ne plus penser à tout ça.

Ce soir-là, en revenant au motel, je suis passé à la boutique d'alcools prendre une bouteille et le *L.A. Times*.

J'étais curieux de voir ce qu'ils proposaient dans les offres d'emploi. Le journal à la main, j'ai filé dans le rayon assiettes anglaises et pour Rocco j'ai pris de coûteuses bolognaises en boîte de trois cents grammes. J'avais mauvaise conscience de l'avoir laissé seul dans le noir si longtemps.

De retour au motel, j'ai ouvert l'assiette anglaise et j'en ai prélevé plusieurs tranches que j'ai jetés dans son bol. Rocco ignora cette offrande. J'ai ajouté du lait, poussé le bol contre son museau. Toujours pas de réaction.

J'ai ajouté un peu de whisky, moins d'un verre. Il apprécia ma docilité d'un reniflement et d'un coup de langue exploratoire, sa grosse langue rose — l'air du chef cuisinier goûtant le potage d'un apprenti. Le cocktail lui plut assez pour qu'il avale la moitié du bol, en levant les yeux de temps en temps pour vérifier que j'appréciais pleinement son sacrifice.

J'étais presque à sec, j'avais besoin de rentrées. Il me fallait un boulot. En ouvrant le *L.A. Times*, je pensais surtout à barman. Je me disais que ce serait une sacrée veine de gagner de l'argent en remplissant des verres. Je l'avais déjà fait deux fois à New York, jusqu'à ce que je m'aperçoive que la bagarre faisait partie du contrat.

Il n'y avait que six petites annonces dans la section barman. Cinq pour des restaus classiques, de l'hôtellerie, du haut de gamme. La dernière venait d'une autre zone téléphonique, loin d'Hollywood. Un barman doit pouvoir rentrer chez lui à pied. J'ai abandonné l'idée.

Je suis passé aux annonces de standards de vente par téléphone. J'étais peut-être toujours doué, après tout. Dans ce métier, l'argent tombait vite. Assommer des gogos de mensonges racoleurs et absurdes me semblait coller tout à fait à l'atmosphère de L.A. Avec deux verres dans le ventre, je me remettrais sans problème à garantir télés couleurs et vacances à Hawaii, à convaincre de malheureux employés, des réceptionnistes et des directeurs adjoints de commander des cargaisons de bouteilles de toner pour photocopieuses, de quincaillerie de bureau, de balayeuses, de câbles électriques de surplus, et tous outils, rubans d'ordinateurs et prêts certifiés... « Mme Washington ? Ici Bill Baxter d'United Credit Consultants qui vous rappelle... Votre dossier prêt en est à l'évaluation finale. Je suis quasi certain que nous aurons la bonne nouvelle dès cette semaine. Il faudrait que vous nous envoyiez votre cotisation AUJOURD'HUI pour compléter votre dossier... Je reste en ligne pendant que vous prenez votre chéquier... Absolument garanti. Nous couvrons personnellement tous les prêts... »

Le problème, c'est qu'à L.A. je ne connaissais personne dans la branche. Je risquais de me tromper de crémerie et de perdre un jour ou deux. Aucune des annonces ne promettait de minimum hebdomadaire ni de liquide au jour le jour. J'en ai conclu qu'il était plus prudent de passer outre.

J'ai vidé la moitié de la bouteille en fouinant dans les autres sections, cernant les possibilités, bourré de répulsion et d'angoisse de devoir en passer par là.

Des colonnes « Chauffeur » et « Employé », j'ai sauté à « Stagiaire ». Rien qui m'inspirât. Enfin, de retour à « Vendeur », j'ai localisé une étroite annonce qui semblait faire l'affaire. Dream Mates International recherchait des conseillers/vendeurs pour leurs nouveaux bureaux à Westchester. « REVENUS HEBDOMADAIRES GARANTIS — BONNES COMMISSIONS — PRIMES QUOTIDIENNES EN LIQUIDE... Doit posséder sa propre voiture et être prêt à gagner un PAQUET DE $$$$!!!

Expérience non nécessaire — FORMATION ASSURÉE — Pas sérieux ni fortement motivés s'abstenir. »

On pouvait appeler un numéro vert vingt-quatre heures sur vingt-quatre. J'ai lu l'annonce trois fois pour vérifier que j'étais fortement motivé, puis j'ai composé le numéro vert.

Un répondeur indiquait la marche à suivre. Une répondeuse, en fait. Elle disait d'appuyer sur une série de touches, ce que j'ai fait. J'ai reçu de nouvelles instructions, pressé d'autres boutons, puis une voix d'homme m'a longuement expliqué à quel point c'était génial d'être conseiller chez DMI. La bande enregistrée louait hautement un certain Glen Manoff. Pour sa première semaine, Glen avait gagné mille dollars en commissions et bonus. D'après la bande, un ancien, Mitch Glickman, en avait gagné trois mille.

Suivait une présentation longue et sophistiquée, qui vantait la valeur de la vidéo-rencontre et du plan de carrière DMI, lequel débouchait immanquablement sur l'indépendance financière.

J'ai fait ce que demandait la voix, j'ai laissé mon nom, un numéro où rappeler et un message : « Je suis un vendeur professionnel fortement motivé par l'ardent désir d'obtenir mon indépendance financière. L'offre de DMI me semble être une occasion en or de réussir. J'espère que vous me rappellerez d'ici peu et que je pourrai intégrer votre équipe de battants. » J'ai appuyé sur la touche dièse suivant les directives, une nouvelle voix m'a souhaité de bonnes vacances et j'ai raccroché.

Après le coup de fil, ça cognait dans ma tête et mon corps tremblait, gorgé d'adrénaline. La peur de l'emploi. Tout en me disant que DMI ne rappellerait pas, j'ai allumé la lumière et je me suis dirigé vers la penderie. J'aurais besoin de vêtements.

La veste sport en lourd tweed gris que j'avais portée dans l'avion et aux obsèques était dans un état passable. Mon unique pantalon sombre avait une déchirure à l'entre-cuisses, petite mais visible. Il était froissé et sans pli, mais un tour chez le teinturier suffirait. J'avais taché mon unique chemise de costume et la cravate, avec une matière à première vue mortelle qui sentait l'huile de freins. Mes habituelles chaussures marron feraient l'affaire, une fois cirées.

La fin de la nuit, je l'ai passée à fumer, à regarder HBO et à lire de la poésie. Pas à dormir. L'idée de retrouver un travail, après le centre de cure et six mois de chômage, me fouettait les neurones.

Allongé sans dormir, je commençais à en vouloir à Rocco. Je le regardais, roulé en boule contre un tuyau tiède, couinant dans son sommeil, et je prenais conscience qu'à le trimballer je m'attachais aux fesses un sac de sable mouillé. J'étais prisonnier sur parole de cet animal.

Seul, je pourrais dormir dans la voiture, économiser trois cents dollars par semaine. Avec le corniaud de mon père, malade, à charge, j'étais contraint d'assurer nourriture et foyer, comme avec un enfant.

Et si cet enfoiré au souffle fétide avait une dysplasie du bassin ? besoin d'extractions dentaires ou attrapé le cancer du chien, avec à la clé des centaines, voire des milliers de dollars de vétérinaire ? Et si et si ? Mon cerveau passa la fin de la nuit à imaginer les moyens de m'en débarrasser.

À neuf heures du matin, j'ai eu par les renseignements le numéro d'un refuge pour animaux. J'ai appelé, un ordinateur m'a donné des instructions, j'ai appuyé sur des touches et je me suis retrouvé sur un autre circuit où il fallait attendre. Une minute plus tard, un employé en chair et en os a pris la ligne. Je n'avais pas dormi depuis trente heures.

« Je connais un chien malade, dis-je à la voix au bout du fil. Il a besoin de soins. Il faut le montrer à un vétérinaire.

— Monsieur, nous ne sommes pas vétérinaires, a dit le type. Nous nous occupons des animaux abandonnés.

— Alors j'appelle qui ?

— Pour un animal malade, appelez un vétérinaire.

— Je n'ai pas les moyens. Si le chien était abandonné, vous le prendriez ?

— Dans ce cas, nous viendrions le chercher.

— Il est abandonné. Je déménage. Ça marche comment ? On fait quoi ?

— Nous envoyons l'un de nos agents prendre le chien... Il me faudrait le poids approximatif de l'animal, sa couleur et l'endroit où il a été vu pour la dernière fois. Quel est le carrefour le plus proche de l'emplacement exact de l'animal ?

— Ça suffira ?

— Oui.

— Je vous donne l'adresse... Starbust Motel sur La Brea Avenue juste au nord de Sunset... Il se passe quoi après ? Pour le chien ?

— Nous le récupérons et nous le gardons soixante-douze heures, ou jusqu'à ce qu'on le réclame. Vous n'êtes pas le propriétaire de l'animal, exact ?

— Exact. Et si personne ne vient le chercher ?

— Après le moratoire de soixante-douze heures, nous piquons l'animal.

— On ne peut pas faire ça !

— Monsieur, nous sommes très occupés. Il s'agit d'un animal égaré ?

— Il geint dans son sommeil toute la nuit, il a l'air de souffrir. Que me conseillez-vous ?

— Trouvez le propriétaire ou amenez-le au refuge.

— Le propriétaire est mort. C'est moi qui l'ai récupéré.

— Quel âge a l'animal ?

— Vieux, douze ou treize ans, je ne sais pas.

— Faites-le piquer.

— Impossible. C'est le chien de mon père.

— Alors amenez-le chez un vétérinaire.

— Je vous ai dit que je n'avais pas d'argent.

— Monsieur, je ne peux rien pour vous.

— Je vous demandais un conseil.

— Je vous l'ai donné.

— Allez vous faire foutre. »

Ce même jour, peu après midi, la sonnerie du téléphone me réveilla. Je crus d'abord que c'était Amy. C'était Susan Bolke, assistante de M. Berkhardt chez Dream Mates International. Elle répondait au message pour la place de vendeur. La voix sonnait jeune, sexy et très femme d'affaires.

Berkhardt, me dit Susan, avait été impressionné par mon message et il lui avait demandé de me contacter dès aujourd'hui en vue d'un entretien. Elle me donna l'adresse des bureaux de Westchester. Après quoi, j'ai vomi pendant dix minutes et pris une longue douche brûlante pour me calmer.

Rocco ne voulait rien manger, mais dès que je me suis dirigé vers la porte, il s'est levé pour montrer qu'il voulait sortir lui aussi. Je savais ce que c'était, rester enfermé seul dans une pièce, et j'ai décidé de le prendre avec moi. Ce chien et moi, nous avions des choses en commun...

Nous avons d'abord descendu Sunset, vers la teinturerie. Rocco boitait toujours et il s'arrêta une douzaine de fois pour pisser. Nous avons carrément pissé ensemble sur le même arbuste.

La pancarte dans la vitrine du teinturier affichait SERVICE RAPIDE en grosses lettres, comme si SERVICE RAPIDE était le nom de la boutique. J'ai décidé de tenter ma chance.

Pour nettoyer et réparer le pantalon, le type voulait seize dollars. J'ai marchandé en américain, il répondait dans un idiome asiatique en secouant la tête de haut en bas. Quand j'ai demandé combien pour le tailleur seulement, il a balancé longuement la tête avant de dire douze dollars. Nous sommes tombés d'accord pour le nettoyage seul à six dollars, plus cinquante pour cent pour le récupérer dans la journée. Service rapide. J'ai secoué la tête, lui aussi, affaire conclue.

J'ai aidé Rocco à grimper sur la banquette arrière et on a roulé jusqu'au grand magasin Pick and Save sur Western Avenue. À l'intérieur, au rayon hommes, j'ai trouvé deux chemises blanches sous emballage plastique pour 14,99 dollars (rebut de fabrication, mais il fallait acheter les deux), taillées dans un miracle en plastique sans coton. J'ai jeté les chemises dans le panier et j'ai continué.

Pick & Save était spécialisé dans le bizarre. Complets sur mesure, deuxième choix, séries incomplètes. Pas de cravates au rayon hommes, mais dans l'allée garçons, un étalage fourni. Trop courtes pour la plupart, ou immettables à cause des motifs enfantins qui les décoraient, mais j'ai fini par trouver un modèle à agrafe bleu nuit avec des petits cochons blancs gambadeurs. La cravate a rejoint le reste dans le panier.

Dans un autre rayon, je suis tombé sur un étrange cirage liquide à quatre-vingt-neuf cents. Le gadget avait dû foirer car des centaines de petites bouteilles à bouchon-éponge s'alignaient sur huit mètres d'étagère. J'en ai pris une de « Calico Brun », plus une d' « Ébène » au cas où ma garde-robe s'enrichirait jusqu'à inclure des chaussures noires.

14

Le parfum de Susan Bolke était aussi sexy que sa voix. Elle avait un formulaire sur un porte-papier, des seins proéminents et une coiffure frisottée comme celle de la fille de la pub télé pour le spray vaginal. Tout le monde ici était sapé comme pour un entretien d'embauche. Hommes en costumes croisés, femmes en collants et guirlandes de bijoux.

Dans le lobby de Dream Mates, nous nous sommes assis, Susan et moi, sur des amours de petits sièges en cuir blanc. Elle m'a expliqué le système de la commission et la garantie hebdomadaire de deux cent cinquante dollars versée par l'entreprise les deux premières semaines.

Elle eut un sourire d'approbation quand j'éteignis ma cigarette et m'entretint des trois jours de stage indispensables pour maîtriser pleinement l'esprit DMI. Tout dépendrait de mon entretien avec M. Berkhardt. C'était lui qui décidait des embauches. Elle me donna les pourcentages de compatibilité des vidéo-rencontres et prononça cinq ou six fois le mot « statistiques ». Ça me plaisait bien, les deux cent cinquante dollars garantis.

On a encore bavardé un moment. De temps en temps, Susan notait un truc et barrait des cases sur son formulaire. J'ai remarqué que mes mains tremblaient beaucoup trop et que j'avais des taches jaunes sur les doigts. La nicotine. Elle a vu que je me rendais compte, pour mes mains, mais elle a continué à sourire pour me mettre à l'aise. Finalement, elle m'a tendu un porte-papier, un formulaire et un mauvais stylo. Puis elle s'est éclipsée.

Tout en remplissant le formulaire, je regardais une énorme télé encastrée dans le mur au-dessus du bureau de la réception. L'écran diffusait des bandes de vidéo-rencontres : des adultes célibataires disponibles parlaient de leurs carrières, de ce qu'ils aimaient et n'aimaient pas. Le son était assourdissant. Les gens sur les vidéos avaient l'air normal et sincère. DMI visait une clientèle de classe moyenne supérieure à haut revenu.

Sur presque toutes les questions, j'ai menti, je me suis énervé ou j'ai sauté. Pénible de tout remplir, avec mes doigts en râteau.

Au bas du formulaire, j'avais eu le temps de me convaincre que j'étais fou d'être venu d'Hollywood pour participer à un concours de costards. J'étais déplacé et ma feuille avait l'air remplie par un enfant de six ans. Le chien de mon père était bouclé dans la voiture, vitres fermées sur le parking, et je l'imaginais en train de dévorer les housses des sièges, dans une crise de mesquinerie, pour se venger d'avoir été laissé seul si longtemps.

J'avais décidé de laisser tomber et de tenter ma chance avec les petites annonces de vente par téléphone du *L.A. Times*, mais le temps que je rende le formulaire à Susan, Morgan Berkhardt sortait de son bureau et se dirigeait vers moi.

Il avait bien une tête de patron. Il portait un costume croisé et avait la nuque épaisse du joueur de football, des dents blanches et une bague de diplômé d'université à pierre rouge. Il s'est présenté, nous nous sommes serré la main, il a pris le formulaire et s'est mis à lire.

Tandis qu'il étudiait mes réponses, mon attention fut attirée par une nouvelle vidéo sur la télé du lobby. Elle ne ressemblait pas aux autres. Il ne s'agissait pas d'une présentation, mais d'un mariage, et j'étais assez près du poste pour entendre la voix. « Chaque jour, trois cent soixante-cinq jours par an, un client de Dream Mates International s'engage pour la vie. Vous aussi, vous le pouvez. Dès aujourd'hui, rejoignez DMI. »

Morgan Berkhardt avait fini de lire et il m'a vu regarder la vidéo. « Remarquable concept marketing, n'est-ce pas, monsieur Dante ?

— Tout à fait ! C'est bourré d'idées, m'entendis-je répondre d'une voix de lèche-cul.

— Venez avec moi. » Je l'ai suivi sur un tapis à motif floral vers une porte de chêne à poignée de cuivre, la porte de son bureau. On est entrés, on s'est assis. Lui derrière un gros bureau de chêne, moi dans un petit fauteuil à pieds étroits.

Derrière Berkhardt et son fauteuil de cuir, il y avait des étagères et sur les étagères, des livres et des cassettes de programmes de motivation. J'avais lu tous ces trucs de vendeur et d'autoformation lors de mon premier séjour en désinto, à Saint-Joseph de Cupertino, parce qu'il n'y avait rien d'autre à faire après dix heures quand ils éteignaient la télé. J'avais souffert d'insomnies pendant plusieurs semaines et je passais mes nuits à lire. Tommy Hopkins. Tom Peterson. Charles Roth.

J'ai tout de suite vu que Berkhardt était fan de Brian Tracy. Il y avait plusieurs cassettes de Brian dans la collection, sur l'étagère. Et puisque Tracy ne jurait que par l'audace, clé de la réussite, j'ai décidé faire montre d'assurance pendant l'entretien.

« Bruno, dit-il en levant les yeux du formulaire. Je peux vous appeler Bruno ?

— Bien sûr. Je peux vous appeler Morgan ?

— Si vous voulez.

— Je vois que vous êtes fan de Brian Tracy, Morgan.

— C'est vrai, oui.

— *La Psychologie du succès* est un livre important pour moi. J'aime son approche systématique du progrès personnel.

— Bruno, vous m'impressionnez. Très peu de gens qui passent dans ce bureau connaissent l'œuvre de Brian Tracy.

— Ça ne m'étonne pas, Morgan. J'ai observé depuis longtemps que la majorité, la masse, le troupeau, les moutons, les paumés sont trop paresseux pour se bouger le cul et se donner les moyens de gagner. Le progrès personnel implique un engagement fort, nous le savons tous les deux. Il faut attraper la vie par les couilles et tirer d'un coup sec. Personnellement, j'ai souvent pris les bonnes décisions grâce à ces livres. Ce que je veux, c'est être un gagneur.

— Heureux de l'entendre, Bruno.

— C'est comme je vous le dis. Absolument.

— Au fait, vous avez dû porter des dates incorrectes, ici, dans le C.V. Il y a des contradictions dans les données.

— Je m'excuse de cette négligence, Morgan.

— Je m'y perds un peu. Vous avez fait de la *vente par téléphone* dans la même entreprise pendant douze ans, exact ?

— Exact, Morgan. Même boîte, même boulot. Ils se sont ramassés, c'est pourquoi je me suis repositionné ici, à Los Angeles. Nouvelle ville, nouvelles chances. Nouveau départ. Approche dynamique.

— C'est important, un bon C.V. Vous vendiez quoi, chez Omni Incorporated ?

— De l'informatique. Disquettes. Bandes magnétiques. Fournitures pour traitement de données.

— Douze ans au même endroit, c'est un engagement fort.

— Merci, Morgan. Je suis fier de ma loyauté, de ma disponibilité et du suivi de l'exécution. Je suis un battant, je le sais. C'est ça que vous voulez, chez DIM ?

— DMI. Par ailleurs vous êtes écrivain ?

— Oui, Morgan. » Ces sacrées mains recommençaient à trembler sans que je puisse les contrôler. J'en ai coincé une sous ma cuisse et l'autre sous le bras.

« Passionnant. Quel genre de choses écrivez-vous ?

— Des poèmes, Morgan. J'ai arrêté quand j'ai décidé de canaliser toute mon énergie dans la vente et le marketing.

— Des recueils de poésie ?

— Non. Plutôt des fragments, outrés, complaisants.

— Vous avez déjà été publié ?

— Oui, des revues, des périodiques. Mais ça fait longtemps que je n'ai rien eu d'imprimé.

— Pas beaucoup de poètes millionnaires, pas vrai ?

— C'est pour ça que je suis ici, Morgan.

— Vous avez d'excellentes références en vente par téléphone, mais en fait, vous n'avez pas le parcours type pour la situation que nous proposons.

— Je ne vois pas les choses sous cet angle, Morgan. Je suis ici pour m'impliquer dans une carrière, me réaliser et gagner mon indépendance financière. Mon parcours prouve que je suis fortement motivé et que je me bouge le cul. Quand je travaille au téléphone, je ne fais pas de prisonniers. Et les meilleurs, je les prends d'une main. Très franchement, je suis certain d'avoir le profil type pour rejoindre l'équipe DMI.

— D'après les dates du formulaire, vous avez été écrivain pendant quinze ans. Poète.

— Ouais. Exact.

— Au total, j'arrive à vingt-sept ans. Vous comprenez pourquoi je m'y perds ?

— Je me suis trompé, bon sang ! Je n'ai pas toujours la patience, quand je remplis des formulaires compliqués. Je ne mens pas sur les références. Non mais, vous me reprochez quoi ? Insinuez-vous que je falsifie des informations ?

— Non.

— Tant mieux.

— Nerveux ? L'agressivité est une excellente chose, Bruno, mais je dois faire mon travail. J'ai d'autres questions à vous poser. »

D'un coup j'avais bondi sur mes pieds, incapable de me maîtriser. « Venons-en au fait, Morgan. Je ne tiens pas à perdre du temps dans ma course vers le haut de l'échelle. En deux mots, je pourrais vendre votre produit les yeux fermés en sifflant le "Yankee Doodle" entre les fesses. Je suis un candidat de type A-1.

— Restez assis, s'il vous plaît !

— Faisons bien, faisons bref. Oui ou non ? Je commence quand ?

— Veuillez vous asseoir et attendre mes instructions !

— Aujourd'hui ?

— Écoutez, dit-il en se levant, vous commencez à m'énerver. »

Je me suis assis. Ma chemise était trempée de sueur et j'avais l'estomac dans un étau. « J'essaie de faire bonne impression, dis-je. Je veux le job. »

Avant que je sorte du bureau, Berkhardt me dit qu'il prendrait sa décision plus tard, dans l'après-midi, et que si j'étais pris, Susan Bolke me rappellerait au numéro écrit sur le formulaire.

Il faisait nuit quand je me suis retrouvé dans la chambre du Starbust Motel. Pendant le trajet, je m'étais sur-soigné les nerfs avec deux demi-pintes de Jack, après escale dans une librairie d'occasions sur Venice Boulevard.

J'ai tout de suite senti qu'Amy était passée. Rocco aussi le savait. Il reniflait et grognait sans s'asseoir.

J'ai ouvert la penderie et regardé par terre, où était le sac plastique avec ses affaires. Plus de sac.

Dans la salle de bains, il y avait un mot collé sur la glace avec une boule de rouge à lèvres. Ça sonnait comme les paroles d'une chanson inconnue.

« Bruno...
Porte ton linge en bas de la Première Avenue
Puis passe un moment dans ton cerveau-pharmacie
Ce n'est pas ce que tu penses c'est ce que tu fais
J'ai une paire de chaussettes que j'aime plus que toi
Merci mais pas merci,
Amy »

Le voyant du téléphone clignotait et je suis allé à la réception demander qui avait appelé.

Le gérant de nuit m'a tendu un petit papier rose. C'était Susan Bolke. Tout en lisant, je me suis autorisé à re-sentir son parfum et à revoir ses gros seins sous son corsage transparent.

Je devais me présenter chez Dream Mates International le lendemain matin à huit heures pour un stage de deux jours. J'avais le boulot. Je suis retourné dans la chambre et j'ai regardé la télé.

15

C'était un mercredi matin, deux semaines avant Noël. Chez DMI, dans la salle de conférence, il y avait du monde autour de la table. Une bonne douzaine de personnes, surtout des hommes. On nous expliqua qu'il nous faudrait deux fois douze heures pour assimiler le programme. On me garantissait un chèque pour les deux vendredis à venir, et la compagnie rembourserait le déjeuner et le dîner *pris sur place*.

Le boulot de Berkhardt consistait à nous enseigner la formule gagnante DMI. Il croyait en moi apparemment, je pigeais vite et je posais des tas de questions.

J'avais laissé Rocco dans la Dart, garée à l'ombre sous un arbre, vitres avant baissées de dix centimètres. Je le sortais pendant les pauses, avec ma tasse à café en polystyrène remplie de Vodka de supermarché. Je sirotais pendant qu'il arrosait les arbustes. Le premier jour, alors que je lui mettais sa laisse, il m'a embrassé par surprise. Un grosse langue humide du nez à l'oreille. Rocco commençait à m'aimer.

La promenade nous a menés au coin du bâtiment, devant le bureau de Mme Bolke. Elle nous a vus à travers la paroi vitrée et nous a fait signe, le genre « salut connard » qu'elle réservait aux stagiaires mâles et aux nuls à moins de cinquante mille dollars par an. Je lui ai rendu son salut.

Le deuxième jour, Berkhardt a fait venir Mitch Glickman dans la salle de conférence pour qu'il montre aux stagiaires les photocopies de ses derniers chèques. Cinq, six et sept mille en quinze jours de travail. 175 K par an. Mitch était le roi de Westchester, il avait son équipe personnelle de six vendeurs. Il était chez DMI depuis trois ans, faisait le malin et snobait tout le monde.

Ce soir-là à la fin du cours, sur instructions de Berkhardt, Mitch invita plusieurs stagiaires mâles dans un bar à strip-tease sur Century Boulevard, histoire de fêter ça. J'ai bouclé Rocco dans la Dart et je suis monté avec Mitch dans sa Porsche noire. Pour ma période d'essai, j'étais affecté dans son équipe.

Mitch régla la note, entrée et boissons. Quelques verres plus tard, les autres s'étaient tirés et Mitch était bourré. Il me raconta qu'on lui avait offert le poste de directeur — en premier, avant Berkhardt —, qu'il avait refusé, et aussi que Susan Bolke l'avait branlé dans la réserve des fournitures pendant la soirée de Thanksgiving. Mitch tenait beaucoup à me faire savoir qu'il était propriétaire de quatre appartements et d'un centre commercial, et que sa petite amie avait fait les pages centrales d'une revue de charme.

Pendant la discussion, il se levait toutes les cinq minutes pour aller sniffer de la cocaïne dans les toilettes. Il revenait s'asseoir, reniflait, s'essuyait le nez, adressait un compliment à la danseuse en bout de comptoir et recommençait à parler de lui. En sortant, il laissa cent dollars de pourboire à la fille qui apportait les boissons. J'ai noté dans un coin de ma tête que Mitch était un con et que je pourrais toujours le taper de deux cents dollars si le besoin s'en faisait sentir.

Dans la journée, DMI passa des coups de fil à tous les clients potentiels. Chaque vendeur écopait de deux démos dans la soirée.

L'après-midi, à seize heures trente, les vendeurs assistèrent à une ultime réunion de vente puis ils reçurent leurs affectations. Berkhardt nous gratifia d'un long discours de motivation sur le thème gagnants et losers et obligea chaque vendeur à dire dans quelle catégorie il se situait. Quand ce fut mon tour, je brandis le poing. J'étais complètement dans le coup.

Mon premier rendez-vous de la soirée était cuisinier chez Denny's. Il me posa un lapin. J'appelai DMI depuis la cabine du restaurant et Berkhardt me demanda de me présenter en avance au deuxième rendez-vous, Mlle Tara Kerns à Redondo Beach.

Tara Kerns habitait une résidence récente avec Burger King au coin et succursale Nissan de l'autre côté de la rue. Ça m'a rappelé le vieux slogan Datsun : « Je suis aux commandes », et ça m'a donné de l'allant.

Je me suis garé, j'ai descendu trois gorgées de Ralph's Vodka et je me suis aspergé d'eau de Cologne pour masquer l'odeur de l'alcool. J'ai cassé des Oreos dans le bol de Rocco, fermé la voiture puis je suis allé chercher mon kit de démonstration DMI dans le coffre. Le kit se composait d'un magnétoscope portable et d'un jeu de vidéos de partenaires mâles potentiels. J'ai laissé le magnétoscope. Sur la fiche, dans la case « POSSÈDE UN VCR », j'avais lu « OUI ».

La fiche Kern précisait que la dame émargeait dans la fourchette des soixante à soixante-quinze mille dollars de revenu, ce qui lui valait la catégorie A. Propriétaire d'une boutique d'uniformes et divorcée depuis onze ans. D'après une autre case, Tara aimait le sport et possédait les trois principales cartes de crédit. J'ai frappé à la porte de l'appartement 128 au moment où le soleil se couchait.

La femme qui ouvrit la porte mesurait deux mètres de haut en talons et pesait cent kilos minimum. Elle avait des cheveux roux flamboyant, du rouge à lèvres et des pieds au format masculin. Ainsi face à face, ma tête lui arrivait sous le menton.

Heureusement que j'étais en avance. Tara, comme je le constatai par la suite, en était déjà à cinq doigts de Johnny Walker Black Label. Elle avait le verre en main et j'apercevais la bouteille en arrière-plan, sur le bar à côté d'un bol de glaçons. L'alcool donnait à ce mastodonte l'expression de douceur et d'amabilité que la boisson procure à certains. J'étais en terrain connu. À ce stade, il reste d'ordinaire deux possibilités : soit soûl et apaisé, soit soûl-et-qu'on-me-lâche. Je lui dis qui j'étais et que j'étais en avance et elle me fit entrer.

Nous nous sommes assis. Moi sur le canapé, Tara dans un fauteuil. Elle possédait une bonbonne de verre à l'ancienne, vingt litres remplis à mi-hauteur de pièces de monnaie. Uniquement en argent, pas de cuivre. Elle était en train de payer des factures, le carnet de chèques ouvert sur la table avec des enveloppes timbrées, bon augure.

J'ai posé le kit de démonstration près de la table basse. La table était en verre et je vis à travers un catalogue de lingerie érotique. « La Roue de la Fortune » passait à la télé avec un bruit envahissant. Une grosse mémère hurlait parce qu'elle gagnait.

« Vous prendrez un verre ? demanda Tara.

— Oui, merci, pourquoi pas, répondis-je, conscient de violer le code de conduite DMI qui interdisait l'alcool avec les clients. Au fait, ça ne vous ennuie pas de baisser la télé ? Votre avenir relationnel me paraît plus intéressant. »

Elle baissa le son avec la télécommande et prit un air conciliant. « C'est mieux ? fit-elle.

— Merci », dis-je.

Pendant que Tara allait chercher un verre dans la cuisine, j'ouvris le kit vidéo des dix clients les plus riches. J'avais visionné les bandes pendant le stage et j'en avais déjà deux en tête, d'anciens champions qui, je le savais, feraient la paire avec Tara Kerns.

Elle revint et me prépara un verre. Scotch on the rocks, pas trop de glace.

On ne plaisante pas avec le professionnalisme chez DMI, et j'aspirais à bien faire mon travail. Je sortis de mon attaché-case le Questionnaire de compatibilité et l'agrafai au porte-papier. Tandis que j'écrivais nom et adresse sur le formulaire, Tara zappa sur un sitcom et remonta le son.

« Pas de femmelette », dit-elle en m'arrachant quasiment le porte-papier des mains. Puis elle rebaissa le son.

« D'accord, dis-je.

— On m'a déjà roulée, je sais ce que je veux. Et les lopettes, les pédés ? Comment vos clientes peuvent-elles les repérer sur une vidéo ? »

J'ai attaqué mon verre. « Je ne sais pas, dis-je.

— Ni femmelettes et ni pédés, on se comprend ?

— Nous n'avons pas ça dans notre répertoire », dis-je, et j'ai entendu ma bouche ajouter : « Pourquoi ne pas essayer un bar à motards ? Vous y trouverez tous les libérés sur parole et les truands que vous voudrez. Ma compagnie est spécialisée dans les adultes célibataires compatibles.

— Inutile d'être vulgaire. Vous les mecs, vous en rajoutez toujours. J'en veux juste pour mon argent. Et si je sors avec quelqu'un et que je m'aperçois qu'on est incompatibles ? Je fais quoi ?

— Faites comme moi, mariez-vous. »

Elle reposa son verre et me regarda dans les yeux quelques secondes. « Depuis combien de temps faites-vous ce métier ? demanda-t-elle.

— Vous voulez dire, depuis combien de temps suis-je conseiller chez Dream Mates International ?

— C'est ça, oui. Combien de temps ?

— Vingt minutes. »

On a ri tous les deux.

Je commençais à la comprendre, Tara. Je divise les femmes qui ont réussi en deux catégories : la première, c'est la fille qui se croit obligée de gagner, toujours gagner, surtout contre des hommes, de prouver sa valeur. Sans arrêt sur le ring à jouer sa peau. Dans la deuxième catégorie, je mets les femmes qui ont du succès parce qu'elles sont gentilles et qu'elles se bougent le cul, et qu'elles ont de la chance, la chance des femmes. Tara, j'en étais sûre, appartenait à la deuxième catégorie. Grande et complexée, affectueuse, un bon setter irlandais avec rouge à lèvres. Sa dureté était une attitude.

L'alcool la relaxait et j'ai décidé de la jouer direct avec elle, franc-jeu et droit au but. Mais le questionnaire l'ennuyait et elle avait à l'évidence forcé sur le whisky. J'avais maintenant l'impression qu'elle me reluquait, me testait.

Je me souviens qu'enfant, j'enlevais le papier des chewing-gums mais je ne les mâchais pas tout de suite, je les passais sur ma langue tant qu'il y avait du sucre, puis je les retournais et je recommençais de l'autre côté. Je savais pertinemment où c'était bon, mais je retardais le moment le plus possible. Pour Tara Kerns, j'étais un sorte de chewing-gum.

Il me fallait ce boulot. Le chèque devait tomber vendredi. J'avais un chien malade à nourrir, et garder un toit en plus de la Dart n'était pas une mauvaise idée. Le chéquier de Tara était resté ouvert sur la table. Si je la baisais, je risquais de rater le contrat. Allez, il fallait se remettre à la démo.

Nous avons fini le questionnaire mais je sentais à ses réponses que le contrôle-client tournait en eau de boudin. Son niveau d'intérêt était écroulé. Avec tous ces verres, j'avais laissé l'affaire déraper en sortie de route. « Regardons une vidéo, dis-je.

— Minute », dit-elle en se levant. Elle sourit, dévoilant de grandes dents blanches tachées de rouge puis, en avalant les mots : « D'abord, je nous ressers à boire. »

Quand elle revint, j'avais branché la bande de Philip Kessler sur la télévision. La cassette portait le nom du client et les renseignements de base. Phil mesurait deux mètres dix, il pesait cent cinquante kilos, il était dentiste et divorcé.

Tara me tendit un verre plein à moitié de whisky et de glaçons puis, délaissant son fauteuil, s'assit à côté de moi sur le canapé.

« Vous êtes bourrée, dis-je.

— Hé oui.

— J'essaie de faire mon travail. C'est ma première démonstration. Soit on bosse, soit je m'en vais.

— D'accord. Je bosse toute la journée. J'adore ça.

— Je voudrais vous montrer quelqu'un, c'est bien votre type physique, non ?

— D'accord », dit-elle sans cesser de me reluquer.

La vidéo démarrait sur une présentation de Philip par lui-même. J'avais oublié que ce Philip était chauve et arrogant. « Je m'appelle Philip Kessler. Docteur Philip Kessler. J'ai trente-huit ans, j'aime le cinéma, danser, et j'étais un joueur de tennis acharné jusqu'à ma blessure au genou... euh, euh… je possède un bateau à l'ancre à

Marina del Rey, je consacre mes loisirs à la voile... Je possède un appartement et un chalet à Mammoth... »

J'ai arrêté la vidéo avec la télécommande. Tara semblait écœurée. « Qu'en pensez-vous ? demandai-je.

— Femmelette... riche mais femmelette. »

Toute cette mascarade soudain me révulsait. J'avais raté l'affaire, je le savais et je m'en fichais. Essayer d'embringuer cette femme dans un club de rencontres était une erreur qui devenait un problème.

Son meilleur atout sexuel était ses seins, gros et mous. Cinq kilos pièce. Je tirerais un coup, toujours ça de pris. Tout en lui parlant, je regardais les seins. « Pour l'inscription, vous réglez par chèque ou carte de crédit ?

— Carte de crédit », répondit-elle avec un bruit de langue.

Quand on s'est mis à baiser, elle m'a appelé pine d'ange, mais trente secondes après que j'étais rentré en elle, elle ronflait.

16

J'ai bien dormi. Jusqu'à deux heures du matin, j'avais lu son Oxford Book de poésie anglaise et bu son whisky jusqu'à piquer du nez. Quatre ou cinq heures. Le matin au réveil, tout près de ma tête sur la table de nuit, il y avait du whisky dans un verre à jus de fruits et un Percodan en cas de migraine.

Le grand cheval s'activait dans la chambre, elle s'habillait pour aller au travail. Je l'ai observée se pencher en avant et enfourner sa lourde poitrine dans un soutien-gorge rouge. J'aime bien les soutiens-gorge rouges. Truc de salope.

Elle m'a surpris en train de l'observer pendant qu'elle s'arrangeait dans le miroir. « Alors ça y est ? dit-elle, je suis membre de votre club de rencontres ?

— Vous êtes membre agréé de DMI.

— Ça valait le coup ?

— L'acheteur regrette ?

— T'es une vraie bête de sexe. »

Un rêve de la nuit m'est revenu en mémoire. Jonathan était seul sur une barque et il ramait. C'étaient les seins de Tara qui me faisaient penser au rêve. Au bateau. Jonathan ramait, je nageais à sa hauteur. Nous étions seuls sur le grand océan calme et lumineux. À intervalles, je levais la tête vers lui, mais il ne me voyait pas, il continuait à ramer. C'était un rêve récurrent depuis des années. D'habitude mon père finissait par ramer jusqu'à l'horizon et disparaissait avec son bateau. C'était la première fois que le rêve revenait depuis la mort de Dante. Cette fois, j'étais tout seul dans l'eau et Dante n'était plus là.

La pensée m'est venue que maintenant, je commençais à comprendre ce que j'avais vraiment perdu en perdant mon père et que rien jamais ne le remplacerait. Cette pensée me tomba sur le cœur comme une couverture gorgée d'eau glacée. J'avais aimé mon père, je ne l'avais pas connu. La souffrance dans sa plénitude fit irruption en moi. Le souffle coupé, j'avalai un sanglot.

Envolés ses rêves. Des histoires et des livres que personne n'avait lus, tout ce qui pour lui signifiait la vie et ne serait jamais publié. Jamais il ne connaîtrait la gloire. La pure beauté de ses mots et de ses rêves était morte avec lui au fond de son secret. Finie cette rage contre Dieu et la vie. C'était un artiste, un humain singulier, mais qui le saurait jamais ?

C'est pour lui que j'écris, que je noircis du papier. Puisse-t-il se vendre et faire savoir au monde qu'il faut lire mon père, grand écrivain, poète, sublime et beau dans sa perdition. Jonathan Dante.

« On se revoit quand ? » me demandait Tara.

Il me fallut quelques secondes pour me débloquer la mâchoire. « Je reviendrai ce soir avec cinq vidéos d'adultes célibataires compatibles », dis-je.

Elle partit au travail, assez confiante pour me laisser sa chambre, pour que je puisse me lever et m'habiller à mon rythme.

À l'instant même où la porte se referma derrière elle et où je me retrouvai seul, une sale pensée se fit jour. J'avais oublié de téléphoner. Berkhardt était très strict sur la discipline et le téléphone. Pendant le stage, il avait insisté sur ce point.

J'ai roulé sur le lit du côté de Tara pour attraper le téléphone. Un renvoi amer m'a tordu la gorge. J'ai fini le whisky du verre à fruits et je suis allé dans la cuisine. Plus de whisky. Mais j'ai trouvé dans le frigo un pack de vin, Black Cherry Cisco Wine Coolers. J'en ai rapporté deux bouteilles dans la chambre.

J'ai vidé les bouteilles, pris le Percodan et composé le numéro de DMI.

Je suis tombé sur le répondeur — punition rituelle quand on appelle hors des heures de bureau. J'ai appuyé sur « un » pour « anglais », ce qui m'a donné droit à un menu d'activités pour célibataires, des noms de couples qui organisaient des soirées et leurs numéros de téléphone, enfin une offre de réduction de trente pour cent pour les membres qui faisaient adhérer un ami.

Un dernier menu permettait de taper le nom de mon correspondant. J'ai pressé les lettres B E R K... et on m'a connecté sur la ligne du patron.

« Allô, ici Bruno Dante, commençai-je. J'ai dû me tromper de numéro quand j'ai appelé hier soir pour faire mon rapport... J'ai dû confondre. Bref, je rappelle... avec d'excellentes nouvelles. Exceptionnelles, même. Ma cliente, Mlle Kerns de Redondo Beach, a adhéré à DMI. Et payé plein pot. En complément, Mlle Kerns veut que je dise à mon patron qu'elle va lui écrire, vous écrire, pour vous raconter comment je l'ai aidée à changer sa vie sentimentale... D'après elle, j'aurais dû être psychiatre... J'apporte son paiement par carte de crédit et tous les papiers à la réunion de cet après-midi... (Tissu de mensonges, bien sûr, sauf pour l'inscription.) À propos, monsieur Berkhardt, sensationnelle, la messagerie vocale de DMI ! Excitant de voir comment la technologie peut piéger les gens — on a l'impression de tenir un chaton sous l'eau. Remarquable. Exceptionnel. Tout ce qu'on a le temps de leur vendre avant qu'ils aient le choix des options. Super, pas d'autre mot ! »

Une fois douché et rasé avec un rasoir jetable rose appartenant à Tara, la forme est revenue. Le vin de Cisco et l'antidouleur faisaient leur effet. J'ai laissé la porte entrouverte et je suis descendu promener Rocco.

Je l'avais laissé seul toute la nuit et ça l'avait mis de mauvaise humeur. Pendant la promenade, j'ai constaté qu'il boitait de plus en plus fort. Le simple fait de bouger l'arrière-train le faisait souffrir. De retour chez Tara avec Rocco, enchanté par l'efficacité du Percodan matinal, j'ai repéré le flacon dans la pharmacie de la salle de bains et j'ai écrasé un demi-comprimé dans un bol de vin de Cisco.

Pour plus de sûreté, j'en ai avalé un moi-même et j'en ai mis d'autres dans ma poche pour plus tard.

Il y avait de la salade aux œufs dans le frigo. J'ai trempé un doigt, je l'ai flairé et j'ai essayé de le faire goûter par Rocco. Il a tourné la tête. J'ai allumé la télé et rebu deux Ciscos. En furetant à droite à gauche, j'ai ouvert le meuble sous le poste. Il contenait des dizaines de cassettes. De vieux films, James Bond, E.T., et même un des premiers Bogart. Sur l'étagère du bas, il y avait une boîte noire, sans la jaquette glacée habituelle, ni étiquette. À l'intérieur, un autocollant : « Dick & Darlene se font Debbie. »

J'ai inséré la cassette dans le VHS.

Pas mal. Jolies couleurs, action, abondance de gros plans sur le pénis gonflé de Dick pénétrant Darlene puis Debbie.

Debbie, la jeune, me rappelait Susan Bolke. Mêmes cheveux blonds frisottés, jolis yeux. Des trois participants, c'était la plus active, la plus inventive.

Dix minutes plus tard, je bandais. J'étais lessivé par le vin et le médicament et affamé à la fois. Le Percodan avait bien fonctionné aussi sur Rocco, confortablement endormi sur le tapis au pied du canapé. La salade aux œufs me tentait, maintenant.

Dans la cuisine, j'ai répété la manœuvre. J'ai ôté le film plastique qui couvrait le bol d'œufs écrasés dans du céléri et de la mayonnaise avec de fines tranches d'oignon vert. J'ai goûté la mixture avec une cuillère. Ça pouvait aller. Plat, sans personnalité, mais satisfaisant.

Je suis retourné dans le living avec le bol, du sel, des crackers et la dernière minibouteille de Cisco, et j'ai mangé devant le film.

Sur l'écran, Darlene s'envoyait Dick pendant que Debbie se branlait à l'aide d'un gode chromé et rutilant. Et que je te rentre et que je te sorte. J'ai décidé de me joindre à elle, geste pour geste, et j'ai mis la salade de côté.

Au moment de jouir, le désir de m'unir en esprit avec Tara m'a poussé à éjaculer dans le bol, sur le restant de salade à l'œuf. J'ai fantasmé sur la grande femme avalant ça sur des crackers et des toasts, d'où un orgasme accru.

Cela fait, j'ai achevé le dernier Cisco, puis j'ai refermé le bol en tendant bien le plastique, comme je l'avais trouvé, et je l'ai rangé dans le frigo, avec soin, à sa place sur l'étagère du haut.

Je suis retourné dans la chambre m'asseoir une minute sur le lit, histoire de me reposer les yeux, et je me suis réveillé trois heures plus tard. Pas question d'arriver en retard à la réunion des vendeurs. Vite, j'ai flanqué les bouteilles de Cisco à la poubelle et rincé le bol de Rocco dans l'évier. Puis, en prenant soin de bien fermer la porte, j'ai quitté l'appartement avec le chien et le kit DMI.

Dans la rue, j'ai remarqué que Rocco ne boitait plus. L'antidouleur. Et ça m'a soulagé de savoir que je pouvais aider le chien.

Je suis arrivé à l'heure à la réunion, le contrat de Tara à la main. Les autres types avaient l'air impressionné. Ce fut un bon moment : une démo, un contrat. Pourtant, Berkhardt m'examinait d'un œil critique en prenant les papiers.

J'ai vite compris. Un contrat comptait moins qu'une tenue négligée. Pas de cravate ! Loin d'être félicité, je fus blâmé devant les autres stagiaires.

J'étais parti de chez Tara obsédé par le souci de bien refermer la porte et j'avais dans l'affaire oublié cette putain de cravate dans la chambre ou sur le canapé du living. Ma présentation douteuse annulait le bénéfice du contrat. Pour Berkhardt, l'important, c'était le règlement.

Après ce traitement de faveur, j'ai dû, avec les six autres robots, subir un discours sur le nécessaire respect des directives et de la formule gagnante DMI. Berkhardt voulait s'assurer que sa force de vente adhérait à la formule miracle, style hamburgers McDonald, moule à gauffrettes ou autre papier carbone, qui avait fait la fortune de DMI. Et moi, j'étais le vilain petit canard.

Après vingt-cinq minutes de baratin, Berkhardt s'est mis à brandir mon contrat. « Superbe boulot, Dante, dit-il. Un sur un ! »

Quelques types applaudirent, d'autres pas, incertains de ce que le patron attendait d'eux. On n'était pas vraiment dans l'ambiance Bravo l'ami !

Berkhardt insistait : « Racontez-nous comment ça s'est passé, Dante. »

J'étais à court de carburant, complètement à sec. « J'ai juste fait comme on m'avait dit, monsieur Berkhardt, j'ai suivi la procédure de démonstration.

— Exactement ! beugla-t-il. Nous appliquons des méthodes gagnantes confirmées, sans dévier d'un pouce de ce qui a fait notre réussite. Nous ne sommes pas là pour réinventer la roue. On ne discute pas avec les lois du succès. Pas vrai, Dante ?

— Exact, monsieur Berkhardt.

— Comme vous le savez, Bruno, Mitch Glickman a empoché quatre-vingt mille la première année en appliquant strictement la formule DMI. Il a fait ce qu'il fallait pour que ses revenus atteignent les deux pour cent supérieurs de la population américaine. Et si ça voulait dire une démo de plus par jour, eh bien, Mitch s'y collait. Il arrivait tôt et partait tard. Mais sa réussite a commencé par des petites choses, une cravate, une chemise propre, un coup de fil au bureau après chaque rendez-vous. Les règles de base. Pas vrai, Dante ?

— Exact. »

À la fin de la réunion, comme nous sortions à la queue leu leu, Berkhardt m'a tiré à part et il a refermé la porte de la salle. « Dante, siffla-t-il, qu'est-ce qui se passe ? Quel est votre putain de problème ?

— Je suis en forme, dis-je. Je crois que je peux faire deux ventes ce soir. Mais j'ai besoin de vous parler. Une avance, c'est possible ? Je suis un peu à court.

— Arrêtez vos conneries et asseyez-vous.

— Une démo, un contrat, dis-je en prenant un siège. C'est moi le nouveau Mitch Glickman, patron. De quoi avez-vous peur, monsieur Berkhardt ?

— Personne ne dit que vous ne savez pas vendre. Je l'ai su dès que vous êtes entré dans mon bureau. Seulement, les petits malins, chez DMI, ça ne marche pas. Nous avons besoin de gagneurs. Je me suis trompé sur votre compte, Dante. Vous êtes un saboteur. Vous vous trimballez une hache à la main à faire des trous dans votre propre rafiot. Vous êtes sur la pente descendante, pas sur la montante. Vous êtes une perte de temps, Bruno. Un loser. »

Cette tirade me mit en colère. « Faux, aboyai-je. Vous avez vu de quoi je suis capable. J'ai les dents qui raient le parquet.

— Le parquet des chiottes, oui ! Arriver à moitié beurré, la chemise froissée, sans cravate ! Vous croyez quoi, que je dirige un lavomatic ? Merde ! Vous baratinez un baratineur, mon vieux. Et vous restez là assis, à me prendre la tête parce que vous avez la trouille de ne pas toucher votre chèque.

— J'ai réussi la seule vente d'hier, ne l'oublions pas.

— Faux. Mitch a scoré deux sur deux.

— Je parle des stagiaires. Les nouveaux.

— Je l'ai vu pendant l'entretien, il y a chez vous un surdoué de la vente, un potentiel énorme, mais enfoncé si loin dans le cul qu'il faudrait un déboucheur et une lance à incendie pour vous obliger à chier. Vous mobiliseriez un service maintenance à vous tout seul, Dante.

— Ce que vous avez vu en moi, ce n'est pas un surdoué de la vente, c'est un vampire. Vous croyez que pour votre contrat à la noix, le coup de la semaine garantie, je vais supporter vos réprimandes de châtré ? C'est moi qui gagne l'argent de la boîte. Je n'ai pas marqué de points-mode aujourd'hui, peut-être, mais j'ai décroché les oreilles et la queue. Et c'est ça que vous irez déposer à la banque, vous et votre patron. Autant dire la vérité. »

Je savais que je le gonflais. Il s'est mis à m'insulter. « Je n'ai pas besoin d'un poivrot à problème dans l'équipe, brailla-t-il. Surtout pas vous, bordel ! En clair, allez vous FAIRE FOUTRE ! »

Il fouilla dans sa poche et en sortit une liasse de billets de cent. Il en tira deux et me les tendit. « Vendredi, vous aurez le chèque du bonus, les derniers deux cents dollars. Vous êtes viré ! »

Je l'ai soupesé du regard, yeux dans les yeux. Un instant, j'ai été tenté de lui faire peur. Mais je voyais bien qu'il ne bluffait pas... et je voulais sauver ma peau.

« Écoutez ! dis-je enfin, je suis désolé.

— J'ai dit : Dégagez ! Vous giclez !

— Vous ne pouvez pas être un peu gentil ?

— Gentil ? Merde alors ! Vous vous mettez tout seul dans le caca devant toute l'équipe et il faudrait que je vous sauve la mise ? Vous avez votre argent, on est quittes, de l'air !

— J'ai reconnu ma faute... Redonnez-moi ma chance.

— Vous êtes un pipeauteur, Dante. Langue bien pendue mais glandeur. Ça m'avait échappé pendant l'entretien et le stage, mais maintenant je m'en rends compte.

— J'avais bu un verre, c'est vrai. Pour fêter le contrat. Mais je suis taillé pour le job, laissez-moi vous le prouver.

— Monsieur, vous êtes un profiteur, un tapeur. C'est votre truc. Vampire, vous l'avez dit. L'entreprise, rien à fiche. Pas assez malin pour vous, hein, DMI ?

— Ça ne se reproduira pas. Juré. »

Berkhardt m'a tendu la main. Il s'était calmé. « Quittons-nous, ça vaudra mieux. Sans rancune. Je vous souhaite un joyeux Noël, et bonne chance. »

On ne s'est pas serré la main. J'avais déjà été viré bien des fois, et de boulots plus intéressants. Mais là, je n'avais même pas l'énergie de partir. « Je vous demande de me rendre ce boulot, dis-je en accrochant le regard de Berkhardt.

— Dante, je vois passer vingt types par mois, ici. Parfois trente. Sur deux ans, ça en fait, des chemises blanches en plastique et des cravates à agrafe. En matière de vendeur, je suis devenu assez visionnaire. Eh bien, je vais vous dire ce que j'ai vu. Ça vous intéresse, un petit conseil gratuit ?

— Bien sûr.

— J'ai remarqué que certains apprennent les petites leçons de la vie par l'expérience, la répétition. C'est un certain type d'hommes, dont je fais partie. On se plante mais on se relève, et on s'y remet. Au fond de moi, je sais que si je m'accroche, je finis par casser mes propres barrières, par me surpasser. Je sais apprendre. Ça prend le temps qu'il faut, mais j'arrive en général à changer ma façon de voir. Pas besoin de m'arracher les tripes pour piger. Je suis une abeille laborieuse. Un besogneux. Un bourdon. Les types comme moi, on finit toujours par passer la ligne d'arrivée.

« Vous, non. Vous, c'est l'autre genre. Vous comprenez vite, vous êtes intelligent, vous savez tout de suite sur quel bouton appuyer. Une seconde et vous êtes au top, vous jaillissez des starting-blocks et c'est le sprint, le roi du cent mètres. Le problème, c'est que vous n'écoutez pas. Vous vous obstinez à agir selon vos propres règles. Vous poussez, vous bousculez, vous vous faufilez, vous crachez le feu, vous écrasez les autres. Vous aimez hommes et bêtes pareils, tant que ça marche. Les gens comme vous, Bruno, n'apprennent que par la douleur. Par l'échec. Vous allez mettre la main dans la scie électrique mais personne ne peut vous prévenir. Il faut que vous, vous et vous seuls, voyiez les doigts vous sauter au nez et un bras transformé en hachis pour arrêter. Vous foncez dans le décor à vitesse grand V. Pas étonnant que vous monopolisiez le service entretien.

— Laissez-moi continuer, monsieur Berkhardt. Je vous garantis du bon boulot. Je peux apprendre. J'ai besoin de ce job. »

Il voyait bien que je ne plaisantais pas. « Pourquoi je prendrais le risque ? Vous allez me planter, Bruno.

— Je suis fatigué. »

Il me regarda attentivement. « À la première connerie, vous dégagez. Nous sommes d'accord ?

— Pas de problème. »

17

Avec les deux cents dollars, j'ai mis de l'essence dans la Dart et fait vérifier le moteur. Ça m'a coûté vingt dollars, huile comprise. Ensuite, le chien de Jonathan Dante et moi-même sommes allés chez Thrifty's à Marina del Rey faire une descente sur les meilleures marques. Six pintes de Jack Daniels et deux boîtes de Marlboro. Une boîte de deux cent cinquante de Tylénol pour moi et le chien, pour après le Percodan, un grand paquet de Freetos et des magazines — *People, Time, Newsweek.* Plus six boîtes d'une coûteuse bouffe pour chiens, de l'aérosol à cheveux pour hommes (juste parce que je n'avais jamais essayé), des livres de poche, trois chemises blanches en polyester taille moyenne, une cravate à agrafe, du déodorant et de l'après-rasage Old Spice. Après la caisse, j'ai compté mes billets. Il me restait vingt-deux dollars.

J'ai chargé les affaires et le chien dans la voiture et j'ai roulé jusqu'à la plage de Playa del Rey, en longeant les marécages à l'ouest de Lincoln Boulevard, là où Culver Boulevard débouche sur l'océan. J'ai garé la Dart dans un grand parking vide à péage. La chaîne du parking traînait par terre, pas de caissier en vue, aussi j'ai foncé, aussi loin que j'ai pu, jusqu'à la plage immense et blanche.

À L.A. l'hiver, sur le bord de mer, la température tourne autour de dix-quinze degrés, et comme ce bout de côte ne vaut rien pour le surf, j'étais seul. Je suis resté dans la voiture en laissant Rocco vadrouiller. J'ai ouvert un paquet de Freetos, débouché une pinte de Jack et commencé un bouquin.

Les chips étaient excellentes et salées à point. Impossible par contre de dépasser la deuxième page du livre. Le style. Imbuvable. Mon vieux était allergique aux livres mal écrits et l'intolérance avait déteint sur moi. Merde, je me disais, mais je peux en faire autant ! Et même mieux ! Ça m'a bloqué et j'ai balancé le livre sur la banquette arrière.

Quand j'ai levé les yeux, Rocco était à la fête sur la plage, il clopinait derrière un goéland.

L'achat du deuxième livre tenait du pari. Je m'étais laissé tenter par le bandeau et par le nom de l'auteur. « Quinze semaines dans la liste des best-sellers ». Stanley King, sept cents pages. La page 1 me consterna d'emblée. J'en essayai d'autres, histoire de lui fouiller les tripes. Espoir déçu, il a fini par valser lui aussi.

J'avais faim d'un livre digne de ce nom, d'entendre une parole qui dît la vérité. Je me souvenais d'une librairie d'occases sur Venice Boulevard. Quand j'étais au lycée, j'y avais trouvé *Last Exit to Brooklyn* d'Hubert Selby. J'ai décidé d'y faire un saut, en espérant que l'endroit existe toujours.

J'ai appelé Rocco et replié le paquet de Freetos. J'ai dû crier et claquer dans mes mains une bonne minute avant que le vieux tas se remette sur pattes et revienne en boitant jusqu'à la voiture. Ça me faisait de la peine de voir ça.

Remonter Culver, prendre à l'est dans Centinela, puis à droite dans Venice, en cinq minutes j'y étais.

Sans même lever les yeux, le jeune type derrière le comptoir dit qu'ils n'avaient plus de Selby. Alors j'ai pris mon temps, j'ai fureté du côté d'Hemingway, de Saul Bellow. Rien de tentant.

Le gars du comptoir s'y connaissait en bouquins. Quand j'ai demandé du Cummings, il a aboyé le numéro de l'étagère et la rangée. Un type qui lisait et connaissait son affaire.

J'ai trouvé les Cummings, mais je n'étais pas d'humeur. J'ai essayé Bukowski. C'était bien mais je n'accrochais pas. À la fin, j'ai laissé tomber et j'ai fait demi-tour direction le comptoir, quand j'ai repensé à mon père. Depuis des années je ne posais plus la question aux libraires, la réponse était toujours la même. Là, quelque chose me disait de tenter ma chance. « Déjà entendu parler de Dante ? Jonathan Dante ? »

Il sourit. Ce cerveau prétentieux devait avoir enregistré le moindre titre en magasin. « Nous en avons un. D-A-N-T-E, c'est ça ?

— C'est ça. Quel titre ?

— Suivez-moi. »

Je l'ai suivi au rayon fiction, vers une petite zone à part qui semblait réservée aux livres rares ou épuisés. Je n'avais pas remarqué l'étiquette RARETÉS FICTION. Tout de suite, j'ai repéré une traduction originale de *Damian* d'Hermann Hesse, épuisée depuis au moins quarante ans. Le gars a tendu un doigt et j'ai vu, appuyé contre *Paris est une fête* d'Hemingway, un vieux livre de poche de mon père. On aurait dit deux soldats perdus en uniforme miteux, fatigués, oubliés de tous.

Le gars a sorti *Demande au vent* [1] de l'étagère et me l'a tendu. J'ai pris le mince volume dans ma main, en essayant

1. Allusion à *Demande à la poussière*, de John Fante, publié en 10/18, n° 1954.

de me rappeler la dernière fois que je l'avais lu. Cinq ans déjà ? Dix ? J'avais depuis longtemps perdu mon exemplaire personnel. J'avais même oublié qu'il existait en poche. L'édition reliée s'était bien vendue : trois mille, et c'était le seul dont mon père avait gardé des exemplaires. Le petit format avait disparu des rayonnages en un rien de temps.

L'employé, après m'avoir tendu le livre, s'est éloigné. « Si vous le prenez, c'est vingt-neuf quatre-vingt-quinze », lança-t-il par-dessus son épaule. Le seul poche de Dante en édition originale que nous ayons. Rarissime. »

Il ne payait pas de mine, tout léger dans ma main. Le dos a craqué quand je l'ai ouvert. Les pages étaient dures et sèches. Tout ce qui restait de mon père.

Je me suis mis à lire. L'histoire de la petite Mexicaine en sandales et du jeune écrivain fauché qui voulait lui en mettre plein la vue, qui voulait l'aimer... et renversait son café sur la table et la pièce de cinq cents. Page après page, chaque ligne sonnait comme le chœur d'une grand-messe en latin.

Sa sincérité était aussi douloureuse que dans mon souvenir. Le cœur ouvert et saignant de mon père imprégnait le roman, son chef-d'œuvre, écrit avant que les gros chèques d'Hollywood en aient fait un champion de golf et un vieux con aigri.

J'avais envie de le crier sur les toits, de partager ça, qu'un autre humain au moins sache qui était l'écrivain qui avait mis ses tripes sur la table et connaisse sa grandeur. Qu'on lise ces pages, j'aurais fait quelque chose pour mon père. Que deux personnes les lisent, et deux feraient quatre peut-être.

À part l'employé, la boutique était vide.

« Vous avez lu ça ? » J'ai hélé le type, debout derrière sa caisse à dix mètres de moi, le livre brandi au-dessus de ma tête.

« C'est l'Hemingway ? cria-t-il.

— Non. Dante. *Demande au vent.*

— Non. »

Je l'ai apporté au comptoir, tenant le fragile volume comme s'il s'agissait des cendres de mon père, et je l'ai tendu à l'employé. Il était au téléphone mais il a mis la ligne en attente. « Mieux qu'Hemingway, dis-je.

— Je n'ai rien lu de Dante, dit-il. Mais j'ai lu tout Hemingway. Pour moi, *Le Vieil Homme et la mer* est le meilleur roman américain jamais écrit.

— Si vous aimez Hemingway, voilà de quoi modifier votre conception du style. Ça va vous botter le cul. Comme à moi et depuis toujours. »

Il me regarda d'un air sceptique. L'expert, c'était lui. Il connaissait son stock. Je lui faisais perdre son temps. Dans un murmure pour assurer son effet, « Monsieur, dit-il, Ernest Hemingway est un écrivain prodigieux.

— Je connais Hemingway, dis-je, et vous avez raison, c'est magnifique. Mais Dante a — avait — une puissance d'une autre veine. Inspiré, généreux, écriture coup de poing. »

Le garçon n'était pas convaincu. « Je m'y mettrai un jour », dit-il en posant le mince volume sur le comptoir, et d'un coup de menton il montra la touche d'attente qui clignotait sur l'appareil. « Vous le prenez ?... Vingt-neuf quatre-vingt-quinze. »

Le prix d'origine de *Demande au vent* était imprimé en gras sur le coin en haut à droite de la couverture, intégré au design, « 25 cents ».

Son attitude négative me tapait sur les nerfs. J'ai brandi le livre et montré le prix sur la couverture. « Combien vous dites ?

— Il s'agit d'un collector. C'est le propriétaire de la boutique qui fixe les prix. Je sais de quoi je parle, c'est mon père. Les éditions rares, c'est toujours cher. » Il prit le livre, l'ouvrit à la page de garde et posa un doigt sur le prix marqué au crayon. « Voyez vous-même, dit-il, vingt-neuf quatre-vingt-quinze.

— Je le prends, dis-je. Mais permettez que je vous pose une question : je vois que vous êtes occupé — j'achète le livre et je l'emporte... mais quand j'aurai fini, si je vous le rapporte, vous le lirez ?

— Pourquoi ?

— Parce que c'est meilleur qu'Hemingway, bon sang ! Et je veux que vous le constatiez par vous-même. »

Cette sortie le rendit soupçonneux. Comme tout le monde en Amérique, le gamin était cynique et débordé. « Écoutez, dit-il, je suis en fac. Je n'ai pas beaucoup de temps en ce moment. Vous le prenez ou pas ?

— Il ne faut jamais dire non avant de se renseigner. Si ça se trouve, vous avez en main un truc fondamental ! Tout ce que je dis, c'est que c'est du grand roman. »

Il tapa la facture. « Trente-deux quarante-trois au total. Vous l'achetez ou pas ? »

Oui. Pour moi, c'était aussi important que de respirer. « Absolument, dis-je. Je ne pars pas sans. »

Il me regarda fouiller dans ma poche. Soudain, il me vint à l'esprit que je n'avais peut-être pas assez. Dans le magasin, j'avais dépensé comme un malade, de façon extravagante, impulsive, en raflant des tas de cochonneries dont je n'avais nul besoin.

Les billets étaient collés en boule. Ils tombèrent sur le comptoir avec la monnaie, des bouts de notes, un peigne, des pochettes d'allumettes et deux stylos à bille — petit tas misérable.

Je fis de mon mieux pour trier les billets, les aplatir, comptant et marmonnant les chiffres. Au total, monnaie comprise, j'étais à la tête de vingt-trois dollars et cinquante-quatre cents.

« Il doit manquer dans les neuf dollars, dis-je. Je n'ai pas assez sur moi. »

Il avait observé cette manipulation comme un flic compatissant au bureau des ivrognes de la prison du comté, la ligne toujours en attente. « Je vois... laissez-moi des arrhes et revenez avec le solde. Je veux bien vous mettre le livre de côté.

— Non, pas question. »

Il affichait désormais son écœurement. Il me tourna le dos, enfonça le bouton du téléphone et, d'une voix irritée, lança à son correspondant au bout du fil : « Puis-je vous rappeler ? Je crois que j'ai un petit problème. »

Et il raccrocha.

« D'accord », dit-il. Il me fit face et croisa les bras. « Vous voulez payer par chèque ?

— Non.

— Écoutez, monsieur, ici, on n'a pas de rayon Voyance. Le total est de trente-deux dollars quarante-trois, taxes comprises. Quelles sont vos intentions ? »

Je me souvins alors de la carte Visa de ma femme. Je savais qu'elle était annulée et ne valait pas un clou mais j'espérais que, vu la modicité de la somme, le gars ne la passerait pas à la vérification. « Et les cartes de crédit, vous prenez ?

— Mais certainement, dit-il comme si j'étais atteint de sénilité mentale, Visa, Master et American Express. Vous ne pouviez pas le dire plus tôt ?

— J'avais oublié que j'avais ma carte sur moi. »

Je lui tendis le carré de plastique et il vérifia la date d'expiration. La carte, sûr, avait toutes les apparences de la validité. Mais notre échange l'avait énervé assez pour qu'il enclenche la vérification, en tapant d'un coup sec sur la carte. J'étais cuit.

Trente secondes plus tard, je pouvais voir le résultat défiler dans la petite fenêtre de l'ordinateur à côté de la caisse, de grosses lettres vertes en capitales : « Carte non valable... Carte non valable... Carte non valable. » La machine ne disait pas pourquoi.

« Quel est le problème ? » dis-je, certain d'être pincé et prêt à chiper le bouquin comme un voleur et à partir en courant.

Il examina de nouveau la carte. « Je ne sais pas... » Puis il leva les yeux — il venait de lire les lettres gravées au recto. « Vous vous appelez Dante aussi ! Bruno Dante ? » Il leva la main. « Vous avez un rapport avec Jonathan Dante ? Le Dante qui a écrit le livre ? »

Je me sentis honteux, mis à nu. Je ne voulais pas qu'il sache. J'en avais trop fait en vantant le talent de mon père et maintenant, puisque j'étais son fils, cet employé allait probablement ne tenir aucun compte de mon opinion. J'ai fait oui de la tête. « C'était mon père », dis-je en sentant le rouge me chauffer le visage.

« Votre carte n'est pas valable... que décidez-vous ? »

Je ne pouvais plus reculer. Il fallait courir le risque... Je voulais le livre et n'avais rien à perdre. « Il est mort, dis-je en baissant la voix, il y a quelques jours. Voilà des années que je n'ai pas vu un exemplaire de *Demande au vent*. C'est son meilleur livre. J'ai perdu mon exemplaire depuis longtemps. »

Le gamin-caissier portait des lunettes à la mode à monture d'acier dorée et une de ces chemises écossaises à manches longues qu'on trouve dans les boutiques hommes de Westwood près du campus de l'UCLA. Encore un de ces petits malins arrogants, un morveux universitaire.

Son regard avait changé d'expression. « Mon père a une tumeur au poumon. Cancer, dit-il, les yeux fixés sur les touches de la caisse-enregistreuse. Ça fait trois mois que je tiens la boutique, pendant qu'il est en chimio. Il ne reviendra pas. »

Il balaya l'argent sur le comptoir et le fit tomber dans sa main. « Combien avez-vous dit qu'il y avait ?

— Vingt-trois dollars, dis-je.

— Vendu... le livre est à vous. »

18

Après avoir ramassé mes fiches de rendez-vous chez Dream Mates, je suis repassé chez Tara, à l'appartement. J'ai laissé cinq vidéos de mâles célibataires potables et j'ai emprunté cent dollars pour tenir jusqu'à la paie. On a bu quelques verres et Tara m'a fait promettre de revenir plus tard. Elle m'a raccompagné à la Dart et je l'ai présentée à Rocco. Elle a fait semblant de le trouver mignon.

Le rendez-vous de six heures était à Venice. Vingt-sixième Avenue. Au 18, un atelier aménagé qui datait d'avant 1920. Mme Nancy Cooper. Je suis arrivé en avance, je me suis garé au coin et je suis resté dans la voiture à fumer, à siroter une pinte de Jack et à lire mon exemplaire de *Demande au vent*.

Je la sentais bien, cette démo. J'avais tenu la promesse faite à Berkhardt. Le col d'une chemise neuve me grattait le cou et ma nouvelle cravate à agrafe était nette et bien ajustée. À 5 h 59, j'ai grimpé l'escalier de ciment et j'ai frappé à la porte, une lourde porte en bois.

Nancy n'avait pas loin de soixante-dix ans mais la chirurgie esthétique, liposuccion et reconstruction des fesses, du visage et de la poitrine, avait remonté les chairs et elle faisait nettement plus jeune. Elle ouvrit la porte en pantalon rose moulant et débardeur assorti qui dénudait un bedon bronzé. Elle avait des cheveux blonds délavés et un rouge à lèvres assorti au logo CA rose imprimé sur le débardeur.

À peine dit-elle « Salut mon chou, entre », que tout s'écroula. La voix s'échappait d'un gosier et de poumons qui clopaient à la chaîne depuis un demi-siècle. Une voix de papier de verre qui me rappelait Lucille Ball. Elle aurait pu sortir tout droit de *Demande au vent.* Avec moi entraient dans la maison les cendres de Jonathan Dante. J'avais lu les cinquante premières pages en moins d'une demi-heure, reprenant vie à chaque phrase, chaque virgule.

J'ai suivi Nancy dans le living-room, les yeux rivés sur ses talons aiguilles qui martelaient le tapis persan. Je charriais sous les bras mon matériel de présentation et les vidéos et ça m'amusait de penser que cette femme n'avait que deux ans de moins que ma mère. J'admirais cette volonté de rester jeune et séduisante et je voyais d'avance comment utiliser ce trait de caractère pour la convaincre d'adhérer à DMI. Il y avait du second contrat dans l'air.

Nancy avait les moyens. L'endroit sentait le décorateur professionnel. Il y avait des œuvres d'art authentiques dans tous les coins et les murs du living étaient tapissés d'une matière qui évoquait la soie brute.

Mon hôtesse s'assit face à moi sur l'un des deux sofas de cuir rose et rafla un paquet de Camel filtre et un briquet sur une table basse à miroir. « Je fume », dit-elle d'une voix rauque à fort accent du Bronx.

« Pas de problème », dis-je. Soucieux d'établir un bon rapport commercial, j'ai sorti du feu de ma poche et je lui ai allumé sa cigarette, puis la mienne.

Sur la table, il y avait aussi un grand verre de cristal rempli à mi-hauteur de vin rouge ou de liqueur. « Un verre ? Bière ? » demanda-t-elle en opinant vers le verre.

« Comme pour vous, ça semble parfait.

— Du doux, d'après dîner.

— Ça me va.

— Elpedia ! lança Nancy par-dessus son épaule, un otro vaso con el mismo para el señor. Rapido, por favor. Immediatamente ! »

Une grosse Mexicaine sortit la tête de la cuisine. « Okay, señora Cooper. »

Sans plus attendre, nous passâmes au questionnaire DMI. Je déclenchai mon baratin préliminaire pendant qu'elle planchait sur le formulaire.

Mon verre arriva sur un plateau en compagnie d'une demi-bouteille de Bristol Cream qu'Elpedia posa sur un dessous de carafe. J'ai siroté le temps que Nancy remplisse les dernières cases.

Quand elle me rendit le porte-papier, je m'aperçus qu'elle avait laissé des blancs partout, surtout dans la section préférences personnelles. Je repris donc les questions auxquelles elle n'avait pas répondu. « Par quel genre de partenaire longue durée êtes-vous attirée ? lus-je sur la feuille. Vous pouvez répondre en général ou préciser. »

Ça eut l'air de l'ennuyer. « Le genre amoureux, pourquoi ?

— D'accord, dis-je en remplissant la case, mais pouvez-vous préciser ?

— Je vais à Puerto Vallejo et Cancun quatre fois par an. Un gentil Mexicain. Mignon. Plus grand que moi. Amérique centrale, ça irait. Entre vingt-cinq et trente. Éducation, et cetera, aucune importance, par contre j'aime les bons nageurs. Type athlétique, ça me plaît. »

Je prenais des notes, je remplissais des cases, tout en vidant mon premier verre de sherry. Je m'en suis versé un deuxième, sans oublier le verre de Nancy.

Elle poursuivit. « Fumeur, ou un que ça ne dérange pas. »

Repensant à ma discussion avec Berkhardt, je m'efforçais de coller à la présentation et j'ai enchaîné sur la section suivante, mais je sentais bien que les questions n'accrochaient pas la cliente. « Nancy, pourriez-vous s'il vous plaît lister les choses importantes que vous voudriez avoir en commun avec le partenaire de vos rêves ? »

Cette inquisition arracha une grimace à Mme Cooper, et un rire racleux qui se prolongea plusieurs secondes. « Qu'est-ce qui m'intéresse, à votre avis ? »

J'ai ri moi aussi, et enchaîné avec une réponse qui avait pour but de reprendre le contrôle et de ramener Nancy sur terre. « Il s'agit de quarante ans de différence », dis-je.

Elle alluma une autre cigarette et jeta le briquet sur la table. « Abrégeons le final, mon chou, ça me gonfle ! Je suis du genre direct, moi. Je veux de la compagnie, je me paie une friandise. C'est ce que j'ai dit au téléphone à la fille quand j'ai appelé hier. Je les aime jeunes et je me fiche qu'ils n'aient pas d'argent. Il n'aura même pas besoin de travailler parce que j'ai assez pour deux. S'il faut, je l'emploierai comme domestique. Ce qui m'intéresse chez Dream Mates, c'est les vidéos. J'ai les moyens de m'offrir ce que je veux et pas de temps à perdre avec des losers. Vous êtes ici pour me montrer des vidéos, montrez-moi des vidéos. »

Son arrogance m'atteignit à la mâchoire et ma bouche se mit à remuer indépendamment du cerveau. « Nancy, dis-je, il y a une différence entre un service Escorte et un service Rencontres.

— Vous avez raison. Je parie que vous piquez trois fois plus.

— DMI n'a rien à voir avec une agence d'étalons latinos. Pour ça, essayez Venice Boulevard ou un club de salsa à Hollywood. »

Son sac à main était posé sur la table basse. « Combien ? On fait du business ou pas ? »

La discussion était terminée. Qu'il s'agisse de touche-lolo ou de tripote-bidon, l'argent était sur la table et j'en savais assez pour la boucler. Pour Nancy, je n'étais que le larbin qui livrait la pizza.

« Faites votre chèque à l'ordre de Dream Mates International, dis-je. Vous avez ma garantie, le type avec qui vous serez accouplée aura des poils pubiens et peut-être même le certificat d'études. »

Mme Cooper écrasa sa cigarette. « Je paie cash, dit-elle en sortant une poignée de billets de cent. J'ai dit, combien ?

— Deux mille dollars. »

Elle compta vingt billets de cent. « Je veux un reçu. Et passons à la suite des conneries. »

J'ai posé le coffret de présentation avec les cinq vidéos sur la table et j'ai tracé un grand X en bas du contrat. Puis j'ai fait glisser stylo, coffret et formulaire. « Les premières vidéos, l'accord, la garantie. Signez ici en bas. »

Berkhardt allait être content. J'avais décroché mon deuxième contrat.

À peine sorti de chez Mme Cooper, j'ai rendu visite à la boutique d'alcools au coin de Venice Boulevard et de Pacific. Le Bristol et la démo m'avaient donné soif de vin. De Mad Dog.

Après avoir acheté une bonbonne, j'ai roulé quelques blocs, jusqu'à l'endroit où Washington Boulevard débouche sur la jetée de Venice. Toujours personne à la caisse du parking, j'ai traversé l'espace libre jusqu'aux escaliers au pied de la jetée. J'avais une heure et demie à perdre avant la prochaine démo, mais je m'en fichais parce que j'avais décidé de quitter mon boulot.

L'état de Rocco s'aggravait. Par deux fois ces derniers jours, il avait perdu le contrôle sur ses boyaux et chié, la première fois sur la banquette arrière, la seconde sur le plancher de la Dart. Et maintenant, il n'arrêtait plus de couiner de douleur.

Avant de sortir de voiture, j'ai versé un peu de Mad Dog dans son bol et je l'ai obligé à avaler un Percodan en lui enfonçant le comprimé dans la gorge, comme dans les services postopératoires avec les malades inconscients ou récalcitrants. Le cabot s'étrangla, puis lappa le vin.

La nuit de décembre n'était pas froide mais l'air était humide et lourd, saturé par l'odeur salée du Pacifique. Assis sur un banc de ciment éclairé par la lumière du Sunset Saloon, un vieux bar de motards, j'ai laissé Rocco marcher sur le sable jusqu'à ce qu'il chie. Puis il est venu s'asseoir à mes pieds. On entendait, à vingt-cinq mètres de là, les vagues. Je lui ai tapoté gentiment la tête. « Désolé, mon gars, dis-je, je sais que ça fait mal. »

Je suis resté là longtemps, à siroter, à contempler l'obscurité, à essayer de me concentrer sur mon avenir. Et plus j'y pensais, plus j'étais en colère et plus je me méprisais. Il m'a fallu tirer beaucoup sur la bouteille avant de sentir mon cerveau ralentir.

Je détestais Dream Mates International. Je ne supportais plus de mettre un veston et une cravate et de feindre l'intérêt pendant que je plongeais les mains dans les comptes en banque de gens persuadés de remplir le vide de leur vie en se droguant au club de rencontres. Je me retrouvais dans le même état que quand j'avais abandonné la vente par téléphone. Après avoir soutiré l'argent des pauvres types pendant des années. Je n'en pouvais plus. C'était trop cher payé.

Vingt billets de cent, l'argent de DMI, gonflaient la poche avant de mon pantalon. J'hésitais entre jeter le paquet à la mer ou tout garder pour moi. Entre rouler jusqu'à San Francisco et rentrer à New York. La seule trace de Bruno Dante chez DMI était une adresse de motel à Hollywood. Merde à DMI. Et merde à cette folle de Nancy Cooper.

Deux heures avant, j'avais relu cinquante pages de *Demande au vent*. En reposant le livre, quelque chose en moi s'était réveillé. Après tant d'années sans le lire, je me voyais soudain dans le miroir de la sincérité de mon père, de la pure poésie de ces pages, et j'avais honte. Je me sentais déshonoré par mon égoïsme. Par mon échec d'écrivain.

Tant que mon père vivait, *Demande au vent* vivait aussi. Mais tout cela était fini. Un grand écrivain inconnu venait d'être réduit au silence. J'aurais pu être un écrivain à la Jonathan Dante, j'en avais les moyens. J'avais renoncé pourtant, comme lui-même avait renoncé pour se vendre à l'industrie du cinéma.

J'aurais même pu écrire des livres. Il l'avait bien fait, lui. Pourquoi pas moi ? J'avais baissé les bras, je n'avais pas eu le courage de risquer l'échec. Mon père était mort et moi avec lui. Telles étaient la tristesse et la vérité de mon âme.

J'avais besoin de parler, désespérément. De parler à des gens. Ivre à moitié, la bonbonne à moitié vide. J'ai décidé de faire un tour au Sunset Saloon, pour voir. Peut-être même pour acheter un flingue à l'un des motards.

Je me suis levé en pensant à ce fric dans ma poche, toute ma fortune. J'ai pris Rocco par le collier et je me dirigeais vers l'entrée quand j'ai pris conscience de mon accoutrement, cette absurde tenue d'homme d'affaires, le veston et la cravate ridicule. Un imposteur, voilà ce que j'étais. Nulle part à sa place. Je me suis rassis sur le banc, j'ai arraché la cravate de la chemise, la chemise neuve et raide, et on a joué à tirer dessus, avec le chien.

J'entendais des voix, maintenant. Faibles d'abord. Puis j'ai aperçu, émergeant lentement de la nuit dans le brouillard de la grève, deux types qui zigzaguaient vers moi. À mesure qu'ils approchaient, je me rendais compte qu'ils se disputaient à voix haute dans une langue qui n'était pas de l'américain. Des journaliers, des travailleurs agricoles. Des frères en belle étoile.

Ils avançaient lentement car leur discussion leur imposait des arrêts fréquents. La querelle me parvenait par bouffées, murmures, grognements et syllabes espagnoles incompréhensibles. Ils s'arrêtaient, l'un enfonçait le doigt dans le ventre de l'autre, ou agitait sauvagement le bras jusqu'à se faire comprendre, puis ils se remettaient en route.

Une fois tout près, je constatai qu'ils étaient ivres, ivres de vin comme moi. Quand ils vacillèrent devant mon banc, j'ai roulé la cravate sur mon poing et je l'ai tendue brusquement pour leur barrer le chemin.

Le plus grand des deux, le plus imbibé, semblait le plus résolu. Il s'arrêta, considéra ma proposition muette puis, comprenant enfin qu'elle était volontaire, il tendit la main vers la cravate et la manqua.

Je tendis la cravate à son acolyte, ce qui déclencha une vive discussion en espagnol et un match de pousse-toi-de-là pour décider à qui revenait la loque nouée et mâchouillée. Le plus trapu, vêtu d'un sweat-shirt à capuche dégoûtant et qui arborait sur la tempe une estafilade récente, tira d'un coup et la cravate lui fouetta la poitrine. Il essaya vainement de l'accrocher à la fermeture Éclair en haut du sweat-shirt.

Je me suis levé et j'ai planté la bouteille de Mad Dog entre eux deux dans le sable. D'un seul geste, nous nous sommes assis pour pomper au goulot.

Ils étaient plus soûls que moi mais buveurs émérites. Nous nous repassions la bonbonne et la cravate se transforma vite en bandage pour éponger le sang qui coulait de l'estafilade.

Au lycée catholique, j'avais appris une centaine de mots de mauvais espagnol, assez pour découvrir les noms de mes nouveaux amis — Hector et Ignacio.

Nous bûmes jusqu'à vider la bouteille ou presque. L'idée me vint que le petit, Hector, ferait un excellent candidat DMI, voire un compagnon de voyage pour la nouvelle adhérente pleine aux as qui vivait dans le quartier. À la lueur des réverbères, notre trio, flanqué de Rocco, descendit le rivage jusqu'au carrefour de la vingt-sixième Avenue.

Hector ne remplissait que deux exigences de Nancy Cooper — latino, fumeur. Ça suffisait largement. Je me rappelais l'info comme quoi elle avait besoin d'un domestique et ça me poussait à tenter le coup. Hector m'avait dit qu'il était sans travail et j'étais sûr qu'il ne rechignerait pas à quelque menue besogne en échange des bizarres étreintes de Mme Cooper.

Hector et moi avions troqué nos chemises sur la plage. Ignacio avait fait main basse sur la bouteille. Au bout du compte, le veston présentait bien, la cravate tachée de sang pendait gentiment sur le tee-shirt et complétait l'ensemble.

J'avais expliqué à Hector, en mauvais espagnol et comme faire se pouvait, le principe de la vidéo-rencontre, et il semblait acquis à l'idée de jouer un sale tour à Dream Mates International.

Tandis qu'Iggy restait à couvert, j'ai hissé Hector sur l'escalier et j'ai frappé à la porte de Nancy Cooper. C'est la bonne qui a répondu, derrière l'œilleton. J'ai cru comprendre qu'elle me reconnaissait. Elle n'avait pas remarqué Hector car j'avais bloqué la vue exprès.

« Señora Cooper, por favor », dis-je.

L'œilleton se referma et la bonne s'éloigna. Une minute plus tard, le visage chirurgicalement modifié de Nancy Cooper apparut à la petite porte, dégoulinant d'une espèce de crème pour la nuit. « Ah vous revoilà, vous. Que voulez-vous ?

— Madame Cooper, j'aimerais vous parler un instant. J'ai de bonnes nouvelles.

— Vous êtes ivre ? Ça m'en a tout l'air. Filez !

— Madame Cooper, j'ai murmuré, vous êtes en veine. Je crois que nous vous avons trouvé un adulte mexicain très assorti, disponible pour voyager, besoin de travail, bien monté.

— Quoi ?

— J'ai trouvé quelqu'un.

— Vous avez laissé les mauvaises vidéos. Nous reparlerons de ça demain.

— Je sais. Un oubli de ma part.

— Allez me chercher ce que j'ai payé.

— C'est pour ça que je suis revenu. Ouvrez.

— D'accord, d'accord. Vous ne pouviez pas le dire plus tôt ? Attendez une minute, je passe une robe. »

Le temps qu'elle revienne, j'avais boutonné la veste d'Hector et il avait pris ma place à la porte.

19

Les bureaux de DMI ouvraient à dix heures. Quand je me suis réveillé, j'étais étendu sur la banquette avant de la Dart dans le parking de Dream Mates. Je me souvenais parfaitement de la nuit. Cette fois, pas de trou noir pour cause de Mad Dog. Yeux fermés, j'ai essayé de synchroniser la galopade dans ma tête et ma respiration. Un crétin homéopathe m'avait dit un jour qu'il n'y avait rien de tel pour éliminer la gueule de bois. Sûrement un type qui n'avait jamais bu de vin.

Ma montre indiquait dix heures quarante-cinq. Vendredi, jour de paie.

Quand j'ai tourné au coin du bâtiment, Susan Bolke m'a vu arriver depuis son bureau derrière la paroi vitrée et la répulsion s'est peinte sur son visage. Je me suis vu dans le mur-miroir, veston et cravate remplacés par le sweat-shirt rouge et dégoûtant, cadeau de la nuit. Elle a passé un coup de fil avant de reprendre son bavardage avec un client masculin qui tenait des vidéos à la main, assis sur le coin de son bureau, les yeux dans son corsage.

Susan ne me reconnaissait pas. Elle continua à sourire et à papoter avec le client. J'attendis. Deux ou trois minutes s'écoulèrent, pendant lesquelles j'observai l'effet de sa poitrine sur le client, avant de comprendre qu'elle faisait semblant de m'ignorer.

« Excusez-moi ! fis-je. Je viens voir M. Berkhardt. »

Sans même tourner les yeux, elle fit un geste vers la réception. Venimeuse. « Asseyez-vous ici. Je suis à vous dans quelques minutes. »

J'avais trop mal aux cheveux pour l'affronter, mais j'ai remarqué sur son bureau une pile d'enveloppes ajourées. L'enveloppe du dessus portait le nom d'un des vendeurs imprimé au recto. « Mon chèque est dans le tas ? » demandai-je.

Susan m'ignora et retourna à sa discussion avec le gogo DMI.

« Excusez-moi, dis-je poliment, puis-je poser une question ?

— Quoi encore ?

— C'était quand, la dernière fois qu'un de vos petits copains a gerbé sur vos nichons ? »

La porte du bureau de Berkhardt était fermée. Je n'ai pas attendu qu'on me dise d'entrer. J'ai poussé la porte et je l'ai claquée derrière moi. « Je viens pour mon chèque, dis-je. Pas pour faire des embrouilles. »

Berkhardt raccrocha brutalement et bondit de son fauteuil. Le sapin de Noël miniature posé au bord de son bureau tomba par terre. Il était tout rouge et prêt à l'action. Je le stoppai en tendant la liasse du contrat Cooper, puis je m'assis.

Il changea aussitôt d'attitude. Il ramassa le sapin et le remit à sa place. « La police vous recherche, dit-il.

— En quel honneur ? »

Il s'assit à son tour. « Mme Cooper est hystérique depuis ce matin. Elle appelle toutes les cinq minutes, fait du scandale. Il paraît que vous l'avez agressée. Et comme dans l'histoire du fric a disparu, j'ai dû porter plainte pour couvrir la compagnie.

— Je ne suis pas un criminel. Tout est là, comptez. »

Il étala la liasse et vit que je ne mentais pas. « Vous avez l'air d'un paquet de linge sale. Que s'est-il passé chez Mme Cooper ?

— Fini, le vendeur. Je laisse tomber. Voilà ce qui s'est passé.

— Vous aviez bu, hein ? Merde, Dante, vous foncez droit dans le mur et à cent à l'heure. La vie vous gâche l'alcool. »

Je me suis levé. « On est quittes, je crois. Vous avez mon chèque ? »

Il ouvrit son tiroir et jeta une enveloppe fermée sur le bureau. Par la fenêtre plastifiée, j'ai lu mon nom imprimé sur un chèque.

J'ai alors entendu la voix dire : « Merci de m'avoir redonné ma chance, je m'excuse », et je lui ai tendu la main.

« Avez-vous agressé Mme Cooper ?

— Non. »

Il m'a serré la main. « Quels sont vos plans, maintenant ?

— Je ne sais pas. Avant, j'étais écrivain.

— Ça je m'en souviens... Pour gagner votre vie, je veux dire.

— Petits boulots, plonge, gardien de parking. Des conneries, pourvu que ça paie les factures pendant que je me remets à écrire.

— Vous êtes sûr que l'alcool ne va pas vous bloquer ?

— Alors j'arrêterai de boire.

— Des poèmes, c'est ça ? Et vous avez déjà été publié ?

— Oui.

— Je vois passer un tas de gens qui cherchent un boulot d'appoint pour gagner de l'argent rapide. Ego gonflés, acteurs, mannequins, L.A. en est plein. Des gens des médias, qui essaient de se caser à la télé. Vous êtes le premier qui avoue être poète.

— Aussi loin que je me souvienne, j'ai toujours voulu me tirer de cette ville. Le plus loin possible de L.A. Aujourd'hui, ça ne presse plus. Ce que j'aimerais faire, c'est la paix avec moi. J'y arrivais quand j'écrivais.

— Je vais annuler la plainte. C'est Noël, ils sont débordés de toute façon. »

L'information me prit de court. « C'est Noël ?

— Le 24 décembre. »

20

Je suis sorti de l'immeuble, j'ai regagné la voiture et déverrouillé la porte avant. Rocco n'avait plus la force de me faire la fête, pas même de décoller la tête de la banquette. À peine celle de lever les yeux. Il poussa un gémissement suraigu qui m'apprit qu'il souffrait beaucoup.

Il avait encore chié sur la banquette. Plus liquide que solide. La merde avait coulé sur le coussin et coagulé en une flaque répugnante dans l'angle du dossier. La puanteur m'obligea à tourner la tête et je vomis à tout va contre la portière.

Après avoir aéré la Dart, j'ai nettoyé les excréments de Rocco avec des serviettes en papier et j'ai essayé de lui fourrer un Percodan entre les mâchoires. Peine perdue. Il refusait de coopérer et continuait à gémir.

J'ai pris peur. À l'idée qu'il était peut-être en train de mourir, je rentrais sous terre.

À la station Shell de Lincoln Boulevard, j'ai changé le chèque DMI contre du liquide. J'ai empoché deux billets de cent dollars et téléphoné aux cliniques vétérinaires des pages jaunes avec les pièces. Toutes fermées. Huit ou dix appels plus tard, je n'étais tombé que sur des répondeurs.

À Brentwood, Bundy Drive, j'ai fini par tomber sur une voix humaine dans un truc appelé Urgence Animaux. Un standardiste à accent étranger m'a dit de me dépêcher parce qu'ils fermaient à midi.

Je me suis garé devant le véto de Bundy Drive mais là, impossible de me résoudre à porter Rocco jusqu'à l'entrée. À la place, je restais assis dans la voiture à fumer, les yeux fixés sur la porte de la clinique dans l'espoir de voir sortir un animal bandé ou tout signe funeste qui justifierait mon inertie. Mais rien. La seule bizarrerie résidait dans les marques du vilain tremblement de terre de janvier, des fissures dans l'allée et la gîte du porche qui donnait à la vieille façade victorienne retapée un sourire de travers.

Le vent de Santa Ana s'était remis à souffler et les palmiers majestueux qui bordaient la rue de chaque côté ondulaient aux rafales venues d'orient. Vingt, vingt-cinq mètres de haut, une ligne à perte de vue qui s'incurvait après Wilshire vers le nord et au-delà de San Vicente. Élégants dinosaures agitant leurs plumeaux sous l'azur d'un ciel de Noël.

Tout en attendant, j'ai noté une idée de poème. Un poème sur L.A. Ça m'a fait drôle mais les mots continuèrent à couler jusqu'à vider tout mon cerveau ou presque sur le papier. Écrire tuait l'angoisse pour le chien. À onze heures quarante-cinq, éprouvant le besoin d'un verre pour mon propre traitement, j'ai rangé l'idée de poème dans la boîte à gants et j'ai porté Rocco chez le véto.

Les bureaux étaient vides. L'ami des bêtes était un docteur Wong, vieux vétérinaire chinois qui me conduisit au fond d'un couloir jusqu'à la salle d'examen. J'ai installé Rocco sur une longue table d'acier inoxydable terminée par une gouttière comme un étal d'embaumeur.

Le sol était recouvert d'un lino blanc gondolé et la pièce puait la nicotine.

Wong commença son examen. Sous le coup de la douleur, Rocco passait et repassait le seuil de la conscience. Dès que le docteur Wong approchait de l'arrière-train, il jappait, il fallait arrêter. Mais le vieil homme avait la main ; il tapotait gentiment la tête du chien jusqu'à ce que la douleur s'atténue. En cinq minutes c'était fini.

Wong se tourna vers moi. « Chien très malade, dit-il. Lui atteint tumeur.

— Malade comment ? demandai-je.

— Gros abcès contre moelle épinière. Beaucoup souffrir.

— Il faut faire une radio ?

— Meilleure chose, dit-il avec compassion, endormir chien avec piqûre. »

Hors de question. « C'était le chien de mon père. Je ne peux pas faire ça à Rocco.

— Chien vivre vingt-quatre heures seulement, deux jours peut-être.

— La piqûre, ce n'est pas une solution. Quoi d'autre, pour l'aider... morphine ?

— J'ai médicament. Feldène. Ça combattre douleur.

— Bon. Allez-y. »

Le vieux vétérinaire commença par vider une seringue d'antidouleur contre la colonne vertébrale puis, tandis que je tenais entre mes mains la tête de Rocco, il lui administra doucement le Feldène. Il lui planta une sorte de long compte-gouttes à l'arrière de la gorge et injecta le liquide brun. L'effet fut immédiat. Rocco sembla se détendre. Il leva les yeux vers moi. Son regard était clair. Puis il me lécha la main et bascula dans le sommeil.

Je le portai dans mes bras jusqu'à la réception et l'allongeai sur le comptoir. « Je vous dois combien ? » demandai-je.

Wong fit ses calculs. « Quatre-vingt-dix-huit dollars.

— Et merde. »

Je lui tendis un billet de cent. Il sortit de sa poche une grosse liasse et en extirpa la monnaie. Puis il me donna le flacon de Feldène et une autre petite bouteille à bouchon blanc munie d'un compte-gouttes. « C'est quoi ça ? demandai-je.

— Puissant sédatif, répondit Wong d'une voix tendre et murmurée. Chien dormir, pas se réveiller. Donner animal quand médicament pas réussir à stopper douleur. »

Je levai le flacon à hauteur de mes yeux. Il restait à peine un centimètre de liquide au fond. Je fis mine de lui rendre, mais le vieux docteur Wong posa la main sur mon épaule. « Toutes choses vivantes doivent passer. Ça pas mauvais. Être voie de Dieu. »

Je n'avais pas envie que Rocco finisse sa vie sur la banquette arrière entre des romans bâclés, des mégots et des emballages de chips. Je voulais qu'il meure à Malibu chez Jonathan Dante. Il avait vécu sa vie dans l'odeur de son maître, parmi les objets familiers — sur le tapis dans le bureau du vieux, là où il sommeillait tandis que mon père martelait sa machine à écrire, où les heures s'écoulaient, là où la berceuse de l'océan et le goût de l'air marin lui rappelleraient les belles années de sa vie.

J'ai pris vers l'ouest sur Wilshire Boulevard, vers Santa Monica et la Coast Highway, à l'affût d'un marchand d'alcools ouvert. J'avais besoin de boire un coup pour me remettre à flot. Rocco gisait dans une demi-inconscience à côté de moi sur le siège avant, sa grosse tête sur ma cuisse. Drogué par l'anesthésiant, il respirait avec bruit. Il allait mourir et je le savais.

Mes genoux se sont mis à trembler. Faiblement au début, mais je savais que ça ne tarderait pas à devenir gênant. Mon dernier verre remontait à dix heures et mon corps commençait à céder, à l'unisson de la panique provoquée par le chien.

Je m'étais juré de réduire les doses, ou alors de renoncer tout à fait à l'alcool, et je l'avais juré à Morgan Berkhardt. D'accord, mais pas tout de suite. Dans l'immédiat, j'avais les boyaux dans la gorge et les mains en râteau, et il fallait que je m'agrippe au volant pour bloquer la montée de la tremblote. Je me fis le serment de n'acheter qu'une demi-pinte et pas plus. À peine de quoi désamorcer la crise.

La première boutique où j'entrai dans Wilshire était bondée. Nous étions vendredi, le soir de Noël, à une demi-journée d'un week-end de fêtes, et tout le monde stockait. J'avais peur de laisser Rocco seul. Faire la queue, acheter une bouteille, revenir, il avait trois fois le temps de mourir et je ne serais pas là pour l'aider.

À travers la vitrine, je surveillais la progression de la queue. J'attendais qu'elle raccourcisse. Faux espoir. Il n'y avait qu'un caissier pour une longue file de clients et c'était un lent.

J'ai décidé de reprendre la route et de risquer les trente kilomètres jusqu'à la boutique du Malibu Inn, en pariant que mon corps tiendrait le coup et qu'il y aurait moins de monde à Malibu. J'ai fait marche arrière et j'ai filé.

Erreur de calcul. Dix minutes plus tard, j'avais le corps révolté et un nœud de muscles dans l'estomac. Impossible de retarder ce besoin d'alcool. J'ai fait halte devant la première boutique au coin de la Pacific Coast Highway et de Santa Monica Canyon.

Le parking était plein. Aucune importance. Je me suis garé en double file, j'ai ôté la tête de Rocco de mes genoux aussi gentiment que possible et je suis entré. Sur le premier étalage, il y avait un quart de Jack Daniels dans un carton de Noël. Je m'en suis emparé et j'ai sauté dans la queue, le paquet serré sur la poitrine pour écraser la tremblote.

Attente. Cinq personnes avant la caisse. Puis quatre. Puis deux.

Le type devant moi payait avec un chèque d'entreprise, six cents dollars et des poussières. Pour un journal, du chewing-gum et le dernier numéro de *People*, moins de quatre dollars au total.

Attente. Tremblote. Le caissier comptait la monnaie du type. Ils se connaissaient et s'envoyaient des vannes tandis que la folie suintait de tous mes pores et imbibait ma chemise.

« Cent... donc tu pars jusqu'au Nouvel An ? Sale veinard...

— Ouais...

— Pas moi, je serai là lundi matin à la première heure. Deux cents. Deux cents cinquante. Trois cents. Quatre. Pas de chance, on n'est pas syndiqués ici. Ha ha. En billets de dix et de vingt, ça te va ?...

— Pas de problème...

— Cinq cents. Six cents. Dix. Vingt. Un. Et trente-deux cents. »

C'était fini. Le type rafla son fric sur le comptoir, ramassa son paquet et dégagea.

À demi inconscient, je fis un pas en avant. Il y avait dix clients derrière moi et la tremblote devait leur sauter aux yeux. Un type me poussa dans le dos avec ses packs de douze. Je n'ai pas relevé et j'ai posé le carton-cadeau de Jack Daniels devant le caissier. Il pianota sur le clavier et annonça : « Ça fait vingt et un dollars quatre-vingt-quinze ».

Je réussis à plonger le poing dans mon pantalon et à extraire le billet de cent. Facile, il n'y avait rien d'autre dans la poche. J'ai lâché la boule de papier sur le comptoir de verre. J'en bégayais. « Voa-voilà. »

Il prit le billet et le défroissa. « Rien de plus petit ?

— Euh... Non. »

Le tiroir de la caisse s'ouvrit d'un coup sec. Le type secoua la tête et écarta mon paquet d'un revers de main. « Désolé, dit-il, pas de monnaie », et il me rendit le billet. « Suivant ! »

Mon corps braillait un message du type « Boire ou mourir ». J'ai fait main basse sur les magazines, les barres de sucreries et une lampe-torche à recharge-piles perpétuel et j'ai tout poussé devant le caissier.

Je voulais parler mais la panique m'étranglait, les mots ne sortaient pas, juste des halètements et un drôle de bruit de gosier comme font les animaux terrifiés. Pour tirer un son de là-dedans, j'ai dû cogner du poing sur le comptoir de verre, écrasant du coup une barre de Snickers.

« Merde au suivant ! j'ai crié. Je prends ça avec. Et que ça saute ! »

Pour le coup, le caissier se mit en colère. Il examina mes achats et aboya : « Suffit pas ! Dégagez, vous bloquez la queue. »

J'entendais dans mon dos Pack de Douze râler d'impatience. « Attends », dis-je. J'ai arraché les bières de ses grosses mains moites, porcines, et j'ai posé les canettes sur le comptoir. « Je prends ça en plus... et ça... » Une dame tenait deux bouteilles de bon vin, je les ai prises et hop, sur le comptoir. « Je paie tout ! Je suis le Père Noël ! Alors ? »

Il a tapé le total. « Quatre-vingt-deux vingt. Ça va, t'as gagné. » Il a pris le billet et a débité ma monnaie en petites coupures.

Tandis qu'il remplissait les sacs, je voyais qu'il m'étudiait, pas pressé. Quand tout fut emballé séparément, il poussa mon paquet vers moi. « Tiens, Père Noël, railla-t-il en mimant une tremblote, voilà ta réserve de médicaments, tu te paies une petite fête solitaire ce soir, on dirait ? »

Dehors sur le parking, j'ai posé le sac avec le litre de Jack Daniels sur le toit de la Dart. J'ai fourragé avec la clé dans la serrure, après un coup d'œil sur Rocco par la vitre. Ça avait l'air d'aller. Sa poitrine montait et descendait, preuve qu'il respirait toujours.

J'ai ouvert la porte de la voiture tout en saisissant le bord du sac en papier, mais j'avais mal évalué ma prise et quand j'ai soulevé le sac les doigts ont glissé. Le paquet-cadeau à l'intérieur est tombé et il a rebondi contre la vitre avant de s'écraser sur l'asphalte avec un bruit sourd.

Quand je me suis baissé, une flaque marron s'élargissait déjà sous le paquet. Le whisky.

Je me suis glissé dans la voiture et j'ai calé mes mains sous les bras, aussitôt trempées par une giclée de sueur.

Que faire ? Il me restait de l'argent. Je pouvais encore y retourner, reprendre la queue et attendre, ou m'arrêter plus loin sur la route de Malibu et m'éviter les ricanements de triomphe du caissier quand j'achèterai la deuxième bouteille. Au fond je m'en fichais. J'étais prêt à remettre ça mais Rocco s'est calé le museau sur ma cuisse et j'ai eu peur de le déranger en m'arrachant du siège.

À la place, j'ai plongé la main dans le sac en papier et j'ai pêché un Snickers.

J'ai déchiré l'emballage avec les dents et enfoncé la moitié de la barre dans ma bouche. Puis l'autre moitié.

La décharge de sucre m'a fait du bien. Le rat qui griffait, qui se noyait et hurlait au fond de mes tripes s'est calmé un peu.

J'ai sorti un autre Snickers et je l'ai gobé comme le premier. Une minute plus tard, la crise était passée, assez pour prendre la nationale sans avoir à faire demi-tour et affronter les ricanements du caissier. J'ai réussi à introduire la clé de contact dans la fente et j'ai démarré.

Il m'a fallu quatre Snickers pour remonter Sunset jusqu'à la Coast. Je mangeais et j'arrachais le papier d'une main, je conduisais de l'autre. La tremblote était sévère mais pas incontrôlable. J'avais pris la résolution de ramener Rocco chez lui, à Point Dume, pour qu'il meure dans la maison de mon père. De Sunset à la boutique d'alcools de Malibu Pier, il y avait dix kilomètres. Et plus que deux barres. Je me suis dit que j'y arriverais et j'en ai ouvert une à coups de dents.

Je m'efforçais de manger aussi lentement que possible. La chaleur et l'humidité de la peau faisaient fondre le sucre mais j'avais gardé l'emballage et je pressais le bout pour faire gicler le Snickers entre mes lèvres. Le premier n'a pas fait long feu. Pour faire durer le second, j'attendais le plus longtemps possible et quand mon estomac se mettait en pelote, je croquais un morceau.

À la hauteur de Topanga Canyon, Rocco s'est mis à grogner fortement et j'ai dû m'arrêter. Sa respiration était devenue difficile, heurtée. Je me suis décalé sur le siège, je lui ai soulevé la tête et l'ai posée sur mes genoux. En le caressant, j'ai senti son corps durci par la souffrance. Il était en train de mourir.

J'ai sorti le compte-gouttes et le médicament. Sans lâcher le Snickers, je me suis servi de ma main libre pour tenir le flacon pendant que j'y plongeais le compte-gouttes.

Il avait la tête tournée, j'ai fourré la pointe du tube dans le coin de sa gueule et j'ai injecté l'antidouleur. J'ai recommencé jusqu'à ce qu'il avale.

À ma grande surprise, il a ouvert la gueule. Un morceau de chocolat avait fondu sur son museau desséché et, lentement, la grosse langue rose s'est tendue pour le lécher. J'ai posé le flacon, pressé le Snickers sur le museau, la langue est ressortie. Un peu à contrecœur, j'ai répété l'opération. On se relayait. Une bouchée pour moi, un coup de langue pour lui.

L'idée m'est venue que, si mon chocolat marchait pour Rocco, son médicament marchait peut-être pour moi, et j'en ai bu une gorgée au goulot. Une petite gorgée. C'était ignoble et pas alcoolisé.

Le dernier Snickers avalé, je me suis recalé devant le volant en gardant sa tête sur les genoux, l'emballage contre son museau.

Tout en conduisant, je le surveillais des yeux. Il ne léchait plus.

À peine arrivé à la boutique de Malibu Pier, j'ai compris qu'il y avait foule là aussi. J'ai dû rouler jusqu'au fond du parking pour trouver une place.

Là, impossible de sortir de la voiture. J'ai bien essayé, mais j'avais peur de déplacer la tête de Rocco. Il émettait un bruit, une espèce de gargouillis sec, les caresses seules semblaient lui faire du bien.

Un moment passa. Cinq minutes. Des gens entraient et sortaient de la boutique, sacs en papier et boîtes à la main. Sacs en largeur pour la bière, sacs oblongs pour le whisky et le vin.

Deux types sont sortis avec de petits sacs en papier tortillés à l'embouchure. Petites frappes et petites bouteilles. Tout ce que j'aime.

Ils ont grimpé à bord d'un 4x4 voyant à deux places de moi. La camionnette avait de gros pneus, un arceau de sécurité et des projecteurs sur le toit. Je les regardais à travers les vitres de la voiture garée entre nous. Le type au volant a replié le papier pour dégager le goulot, dévissé le bouchon et bu une lampée. Ça a réveillé mes frissons et une crampe douloureuse m'a cueilli à l'estomac.

La camionnette a reculé, ils sont partis.

Les gens que j'avais vus entrer dans la boutique en ressortaient maintenant. Impossible d'attendre davantage. Je m'étais garé trop près de la voiture sur ma gauche et j'ai dû soulever la tête de Rocco et me faufiler par en dessous pour atteindre la portière du passager. Je m'y suis pris gentiment, non sans noter que sa respiration avait changé. Des hoquets maintenant, horribles. Plus j'écoutais, plus les halètements s'espaçaient.

J'étais coincé. Incapable ni de sortir ni de me remettre au volant. Le souffle était si faible, je savais que Rocco était aux portes de la mort. Très doucement, j'ai reposé sa tête sur ma jambe et j'ai attendu.

Du temps a passé. Je fumais des cigarettes et je lui caressais le crâne. Il respirait toujours.

Pour me changer les idées, j'ai sorti de la boîte à gants les notes que j'avais commencées devant la clinique du véto et j'ai essayé de me concentrer pour en faire un poème.

Les vers coulèrent sans effort. Un poème sur L.A. Le voici :

Les longs palmiers arpentent
les rives de Bundy Drive
Ils balancent dans le vent tiède de décembre

Maigres tapineuses en ligne
secouant durement la tête
au passage des voitures
Soufflant des baisers vers Santa Monica Boulevard
Talons cassés, bras poussiéreux,
l'odeur lourde de la rue
ne promet plus rien, finis les plaisirs,
l'innocence de L.A. a disparu à jamais

Je l'avais aperçue pourtant
une fois juste un clin d'œil
je l'avais même saluée
de la main par la vitre de la Plymouth familiale
Mais déjà achetée déjà revendue
pressée, trop pressée
pour s'arrêter
dire au revoir

Après, j'ai relu. Plusieurs fois. Pas mal ce poème. J'ai repensé à Jonathan Dante. C'était pour lui que j'avais écrit ça. Je me suis promis d'en écrire d'autres et que tous seraient pour lui.

En baissant la main pour tapoter le vieux chien, j'ai compris qu'il avait fait le grand saut. Paisiblement, tandis que j'écrivais, il avait cessé de respirer.

Longtemps, je suis resté assis dans la voiture. Rocco dans les bras, à pleurer. Puis je n'ai plus pleuré. La tremblote s'était calmée.

Dans quelques heures il serait minuit, et j'aurais passé un jour entier sans boire une goutte. Et un jour pouvait en faire deux. Sûr, il suffisait de ne plus toucher à l'alcool et je me remettrais à écrire.

J'ai lancé la Dart sur la Coast Highway. Plein nord. L'océan brillait d'un bleu que je n'avais jamais vu.

Achevé d'imprimer par Elsnerdruck
à Berlin

N° d'édition : 2881
Dépôt légal : février 1998
Imprimé en Allemagne